GROWL & PROWL

~GESTALTWANDLER WIDER WILLEN~

STEFAN

NYT AND USA TODAY BESTSELLING AUTHOR
EVE LANGLAIS

Copyright © 2022 Eve Langlais

Englischer Originaltitel: »Stefan (Growl and Prowl Book 2)«
Deutsche Übersetzung: Noëlle-Sophie Niederberger für Daniela Mansfield Translations 2022

Alle Rechte vorbehalten. Dies ist ein Werk der Fiktion. Namen, Darsteller, Orte und Handlung entspringen entweder der Fantasie der Autorin oder werden fiktiv eingesetzt. Jegliche Ähnlichkeit mit tatsächlichen Vorkommnissen, Schauplätzen oder Personen, lebend oder verstorben, ist rein zufällig. Dieses Buch darf ohne die ausdrückliche schriftliche Genehmigung der Autorin weder in seiner Gesamtheit noch in Auszügen auf keinerlei Art mithilfe elektronischer oder mechanischer Mittel vervielfältigt oder weitergegeben werden.

Titelbild entworfen von: Yocla Designs © 2019/2020
Herausgegeben von: Eve Langlais www.EveLanglais.com

eBook ISBN: 978-1-77384-281-3
Taschenbuch ISBN: 978-1-77384-282-0

Besuchen Sie Eve im Netz!
www.evelanglais.com

PROLOG

UM AM HELLLICHTEN TAG EIN KIND AUS einem Geheimlabor zu schmuggeln, waren Nerven aus Stahl nötig.

Nanette Hubbard – Nana für ihre engsten Freunde – tat ihr Bestes, um Mut vorzutäuschen, während sie voller Anspannung aus Alberta herausfuhr und dabei erwartete, jede Sekunde Geländewagen mit dunkel getönten Scheiben aus dem Nichts kommen zu sehen, die sie ausbremsten, um das zurückzuholen, was sie gestohlen hatte. Ein Geheimnis, für das sie töten würden, um es zu bewahren.

Der Junge, den sie gerettet hatte, verbrachte den ersten Teil dieser fast vierundzwanzigstündigen Fahrt – die sie angetrieben von Koffein und Angst durchgeführt hatte – ausgebreitet und schlafend auf der Rückbank, wobei seine schmächtige Gestalt unter der Decke zu erkennen war, die sie über ihn gelegt hatte. Ein von ihrem Bruder verabreichtes Medikament hatte ihn in einen tiefen Schlaf fallen lassen, was ihr Zeit gab, um sie weit weg zu bringen. Sie machte nur halt, um zu tanken, wo sie bar bezahlte und eine medizinische Gesichtsmaske trug, die noch von der Pandemie übrig geblieben war und vom vorsichtigeren Teil der Gesellschaft noch immer getragen wurde. Da viele weiterhin Angst vor dem Virus hatten, würde sich niemand darüber wundern, dass sie sie trug, genauso wenig über die Sonnenbrille und den Hut.

Der Schlamm auf ihrem Nummernschild veränderte das Aussehen der Buchstaben gerade so subtil, um einer einfachen Prüfung Genüge zu leisten. Als zusätzliche Vorsichtsmaßnahme würde sie den Mietwagen nicht mehr viel länger fahren.

Als der Junge sich rührte, wusste sie, dass es nun an der Zeit war, eine Pause einzulegen. Sie entschied sich für das nächste Motel, das sie an der Fernstraße sah – eine einstöckige Unterkunft mit Betonwegen, die das lange, schmale Gebäude mit seinen bunt gestrichenen Türen umrahmten. Das Schwimmbecken mit seinem schmutzigen Wasser und dem Maschendrahtzaun war von Absperrband umgeben. Die einzige Form von Unterhaltung? Eine erbärmlich anmutende Grünfläche, die wohl als Parkanlage durchgehen sollte.

Zu dem Motel gehörte außerdem ein Angestellter, der sich einen Dreck darum scherte, wer sich ein Zimmer mietete, und ihr zwei völlig abgewetzte Handtücher reichte, mit der Drohung, dass sie dafür bezahlen müsse, falls sie verloren gingen.

Bei der Rückkehr zum Wagen bemerkte Nana, dass der Junge nicht länger auf der Rückbank lag. Panik flatterte in ihrer Brust.

Oh nein! Ich habe ihn verloren.

Als sie die hintere Tür öffnete, seufzte sie vor Erleichterung, als sie ihn zusammengekauert im Fußraum vorfand.

»Gott sei Dank, du bist noch da.«

Er schien nicht dieselbe Freude darüber zu empfinden. Er musterte sie misstrauisch.

»Hallo, kleiner Kerl. Erinnerst du dich an mich?« Möglicherweise nicht, wenn man bedachte, dass die Medikamente bereits bei ihrem vorherigen kurzen Aufeinandertreffen durch seinen Körper zirkuliert waren.

Keine Antwort, und das war in Ordnung. Die Welt musste für einen kleinen rothaarigen Jungen mit einem Gips am Arm ein angsteinflößender Ort sein. Der Bruch war mitunter ein Grund dafür, warum er früher als gewöhnlich aussortiert worden war.

Sie hatten auch andere Ausreden.

Zu mickrig. Zu schwach. Und sein größter Fehler von allen? Er konnte sich nicht verwandeln.

Das *Huanimorphen*-Projekt – ein dämliches Spiel mit Worten, die niemand aussprechen konnte – drehte sich darum, Menschen in etwas Größeres zu verwandeln. Und scheinbar hatten sie in einigen Fällen Erfolg gehabt.

Diejenigen, die sich nicht verwandelten, sollten terminiert werden.

ST11 war für den Tod vorgesehen, als ihr Bruder, ein Arzt, der unter Zwang daran arbeitete, ihn zu Nana hinausschmuggelte. Sie hatte ihn von dem Moment an geliebt, in dem sie ihn erblickte. Das Gefühl war jedoch noch nicht beidseitig.

Nana ging an der offenen Hintertür in die Hocke und streckte einen Apfel aus. Nichts Besonderes und nichts voller Konservierungsstoffe, und doch wurden seine Augen groß. Er leckte sich die Lippen, während er starrte.

»Möchtest du gern aus dem Auto kommen?«, fragte sie. Sie verlangte es nicht. Dieses Kind war während seiner kurzen drei Lebensjahre bisher nur herumkommandiert worden.

Er antwortete nicht, und als sie sein Gesicht

betrachtete, sah sie den blauen Fleck auf seinem Wangenknochen. Die Skepsis in seinem Blick.

Es brach ihr das Herz. Seit sie mit Dominick zusammenlebte – eine weitere Rettung und ihr erstes herausgeschmuggeltes Kind –, wusste sie es besser als zu weinen. Die Adoption von Dominick, und ein Jahr später die von Pamela, hatte sie so viel gelehrt. Und sie auch gebrochen.

Diese Kinder waren geschaffen worden, um zu leiden. Sie wussten nichts von Liebe oder Freundlichkeit. Etwas, das sie nicht ändern konnte. Anstatt zu schluchzen und sie für das zu bemitleiden, was sie ertragen hatten, handelte sie und zeigte diesen Kindern, dass nicht alle Menschen gleich waren. Sie half ihnen zu erkennen, dass Freundlichkeit und Liebe in der Welt existierten.

»Ich habe uns ein Zimmer gemietet«, sagte sie und legte den Apfel in Reichweite des Jungen auf den Sitz. Sie hatte keinerlei Absicht, ihn zur Erpressung zu verwenden, um ihn aus dem Fahrzeug zu locken. Er sollte den Apfel haben, weil es das Richtige war.

Er beäugte das glänzende rote Obst, dann sie, wobei sich seine Stirn vor Argwohn in Falten legte.

»Ich weiß, dass du mir nicht glauben wirst, aber ich will dir nicht wehtun.« Aber sie würde liebend gern die Leute in die Finger kriegen, die einem Kind etwas angetan hatten. Als sie sich zum ersten Mal trafen, hatte der Junge unter großen Schmerzen gelitten, da sein Arm eindeutig gebrochen war und dennoch nicht behandelt wurde.

Ihr Bruder Johan war außer sich. »Mr. X hat uns gesagt, wir sollen uns nicht die Mühe machen, den Knochen zu richten.« Mr. X war das Geld und das Gehirn hinter den geheimen Laborexperimenten.

»Was für ein Monster tut so etwas?«, hatte sie gezischt, während sie vor dem Kind auf die Knie fiel, das von ihr zurückzuckte.

»Ein Arschloch, das sich fragt, warum wir Ressourcen verschwenden sollten, wenn das Subjekt doch nur einen Monat von seinem dritten Geburtstag entfernt ist.« Johans Stimme wurde heiser, verärgert über die Tatsache, dass dieses Kind getötet werden sollte.

In diesem Moment wollte sie ihren Bruder am liebsten umbringen. Er war Teil dieser Grausamkeit, auch wenn er Dominick, Pamela und jetzt diesen Jungen gerettet hatte. Was war mit all den anderen, die verborgen blieben? Was war mit den anderen Kindern?

»Ich dachte mir schon, dass das der Fall ist, als du mich angerufen hast.« Sie betrachtete weiter den Jungen, der dastand, ohne zu weinen, obwohl sich die Schmerzen deutlich in seinem Gesicht abzeichneten. Sein ernster Blick traf den ihren. In seinen Tiefen lag Resignation. Verstand der Junge mit nur drei Jahren bereits, was sie für ihn planten?

»Hör mir zu, ST11.« Ihr Bruder kniete sich vor ihn. »Du musst mit dieser Frau mitgehen. Sie wird dich weg von hier an einen sicheren Ort bringen.«

»Weg?« Das Kind flüsterte das Wort.

»Ja, weit weg. Und du musst mich, diesen Ort, deine Brüder und Schwestern, geheim halten.«

Der Junge presste seine Lippen aufeinander und nickte. Sie wollte vor Frustration schreien. Ein so großes Geheimnis für ein so kleines Kind.

Sie stand auf und funkelte Johan an. »Wie kannst du hierbleiben?«

»Sie werden mich umbringen, wenn ich gehe, und wer auch immer mich ersetzt, schert sich möglicherweise nicht hierum.« Er wollte dem Kind über den Kopf streicheln, hielt sich aber davon ab.

Zuneigung war nicht erlaubt. Das war eine Regel. Eine, die sie in dem Moment brach, in dem sie das Vertrauen ihrer ersten beiden Kinder erlangte. Jetzt musste sie ST11 überzeugen.

»Es muss einen Weg geben, um sie aufzuhalten.«

Voller Resignation murmelte Johan: »Wie hält man etwas auf, das die Regierung genehmigt hat?«

Und wie sollte man es auf eine Art machen, welche die Kinder nicht gefährdete? Sie wussten beide, dass dieser Mr. X nicht zögern würde, sie alle zu eliminieren, um seine Spuren zu verwischen.

»Ich weiß, was du versuchst.« Nana seufzte. »Es bricht mir nur das Herz zu wissen, dass es passiert.«

Johan senkte den Kopf. »Es tut mir leid, dich da mit hineinzuziehen.«

Gut, dass er es getan hatte, denn ansonsten wären ein anderer kleiner Junge und ein Mädchen heute nicht mehr am Leben.

»Ich habe ihm eine Schlaftablette gegeben«, erklärte Johan. »Das wird ihm nicht schaden, dir aber angesichts seiner Situation die Reise erleichtern.«

»Du meinst seinen gebrochenen Arm.« Nana zitterte, plötzlich voller Wut. »Wir müssen los.«

Sie verabschiedete sich von ihrem Bruder nicht mit einer Umarmung.

Trotz seines schmerzverzerrten Gesichts folgte ihr der Junge zum Wagen. Er tat, wie befohlen, und versteckte sich auf der Rückbank. Nana – eine Krankenschwester, die Ärztin hätte werden können – wartete, bis die Wirkung der Tablette einsetzte, dann richtete sie seinen Arm so gut sie konnte. Irgendwann, sobald er seinen Ausweis bekam, würde sie es von einem richtigen Arzt röntgen und untersuchen lassen. Jetzt konnte sie es nicht riskieren, nicht, wenn es von größter Wichtigkeit war, sehr schnell sehr weit von hier fortzukommen.

Wie versprochen hatte der Junge geschlafen. Sie wagte es fast zu glauben, dass sie sicher davongekommen waren. Jetzt musste sie nur noch einen kleinen Jungen davon überzeugen, ihr zu vertrauen.

Sie versuchte es mit einem sanften Lächeln. »Ich heiße Nanette Hubbard. Aber meine Freunde nennen mich Nana. Wie ist dein Name?«

»ST11.«

Es war so leise, dass sie es fast nicht hörte. Sie lächelte. »ST. Wie mysteriös. Ist das eine Kurzform von Steven?«

Der Junge starrte sie an.

»Hm. Nicht Steven. Wie wäre es mit Stipplewart? Nein, zu albern. Wofür steht ST?« Sie tippte sich ans Kinn. »Stew? Nein, auch wenn es lecker ist. Warte, bis du meins probierst. Dein Bruder hatte die Initialen DK, und wer hätte es gedacht, sie standen für Dominick, was ich nie erraten hätte.«

Der Junge griff nach dem Apfel, während sie sprach, und nahm einen Bissen. Der Weg zum Herzen ging immer durch den Bauch.

Sie sprach weiter. »Stewart? Vielleicht nicht. Das lässt mich an eine Maus denken, und du bist keine Maus, oder? Mehr ein Löwe.«

»Tiger.«

Das Wort zeigte, dass er Nana zuhörte und sie verstand. Es ließ sie außerdem erkennen, dass er seine Betreuer belauscht haben musste. Laut dem, was Johan ihr über ihn erzählt hatte, war Tiger die Tierart, mit der er gekreuzt worden war.

Sie lächelte. »Ich hätte wissen sollen, dass du mit deinem wunderschönen roten Haar ein wilder Tiger bist.«

Während des Kauens murmelte er: »Böse.«

»Niemals!«, erwiderte sie. Böse waren die, die einem Kind so etwas antaten.

Wie konntest du nur, Johan? Irgendwann würde sie ihn doch noch umbringen. Aber wer würde ihr dann helfen, die Kinder zu retten?

Der Junge aß weiter den Apfel, und als er fertig war, kümmerte er sich um das Kerngehäuse.

»Ich liebe knackige Äpfel. Ich habe noch mehr davon in der Kühlbox im Kofferraum.« Diese war mit einer Reihe von Dingen gefüllt, um einen wachsenden Jungen zu füttern. »Ich werde sie in das Zimmer mitnehmen. Du kannst dich mir gern anschließen, wenn du willst.«

Anstatt ihn zu bedrängen, ließ sie ihm die Wahl. Sie stand auf, ging zum Kofferraum und öffnete ihn. Sie schleppte die Kühlbox heraus, die sie zu ihrem Zimmer mit der grellgelben Tür trug. Es passte zu dem hässlichen Blumenmuster der Vorhänge.

Das Öffnen der Tür offenbarte die erwarteten dunklen, schweren Möbel und den gemusterten

Teppich. Die Bettdecke war mehr wie eine Patchworkdecke, bei der überall Fäden heraushingen.

Da sich die Tür automatisch schloss, stellte sie die Kühlbox daneben, damit sie offen blieb, bevor sie zurück zum Fahrzeug ging. Dort hielt sie inne, als sie sah, dass sich der Junge angespannt und wachsam aus dem Wagen herausgewagt hatte. Er hatte die Schiene an seinem Arm nicht angerührt, und da er an seiner Seite herunterhing, erkannte sie, dass sie eine Schlinge würde basteln müssen.

Aus ihrer Erfahrung mit Dominick und später Pamela wusste sie, dass nicht viel nötig war, um ihn zu verschrecken. Sie waren wie wilde Tiere, scheu und bereit, beim ersten Anzeichen von Gefahr zu fliehen. Bei Dominicks erster Flucht hatte sie geweint und nach ihm gesucht. Letzten Endes war er zu ihr zurückgekehrt. Seit dieser Zeit hatte sie viel gelernt und sich verliebt.

Bei den Telefonaten, die sie während ihrer Fahrt mit ihren Kindern hatte führen können, erklärten ihr Sohn und ihre Tochter, dass sie sie schrecklich vermissten, aber viel Spaß mit den Pferdchen hätten. Nana hatte beide Kinder bei einer Freundin in Saskatchewan untergebracht. Nur für den Fall, dass bei dem Schmuggel etwas schieflief, sollten sie in Sicherheit sein. Sie würde Dominick und Pamela auf dem Weg nach Hause abholen.

Der Junge betrat das Zimmer und sie holte den Koffer und die Tasche, die sich noch immer im Kofferraum befanden. Sie schloss alle Türen und verriegelte den Wagen. Sie fand ST am Türpfosten vor, den er umarmte, während er sie ernst musterte. Er bewegte sich, bevor sie an ihm vorbeischlüpfen konnte, und versteckte sich zwischen den Betten.

»Wir werden für eine Nacht hierbleiben. Ich muss ein wenig schlafen.« Sie schloss vorsichtig die Tür und legte dann einen Koffer auf die Kommode, aus dem sie Kleidungsstücke für ein Kind seines Alters herausholte. Sie platzierte sie auf dem Bett. »Die sind für dich. Da ist ein Badezimmer, wenn du baden oder dich umziehen willst.« Sie zeigte darauf. »Hier sind Shampoo und Seife. Und auch eine Zahnbürste.« Sie legte die Toilettenartikel neben seine Kleidung.

Er hatte noch immer kein Wort gesagt.

Sie drängte ihn nicht. Sie ging zum Fernseher und schaltete ihn ein, bevor sie durch die Sender schaltete, bis sie ein Kinderprogramm ausfindig machte.

Nicht ihre bevorzugte Lehrmetode, aber ST musste erkennen, dass er sich in einer anderen Welt befand. Je schneller er sich daran gewöhnte, desto einfacher würde er hineinpassen. Unbemerkt zu bleiben war von höchster Wichtigkeit.

Seine Miene wurde drollig, als er die Zeichentrickeskapaden eines gewissen Hasens und eines Jägers bewunderte, der ihn scheinbar nicht zu fassen bekam.

Da ihn die Zeichentricksendung fesselte, kümmerte sie sich um die Kühlbox und holte ein Festmahl an Geschmäckern daraus hervor. Wurstaufschnitt – Schinken, Hühnchen und Räucherfleisch. Käse – Cheddar, Schweizerkäse und Mozzarella. Gesalzene Kekse. Und was das Süße betraf? Trauben, rot und grün.

Die Auswahl lockte einen Schatten an, der sich näherschlich und zusah.

Sie setzte sich und deutete auf den Stuhl ihr gegenüber. »Möchtest du dich mir anschließen?« Sie verteilte zwei Pappteller und begann, den ihren zu füllen.

Sie hielt ein Lächeln zurück, als sie Gesellschaft zum Abendessen bekam. Als sie fertig waren, half er ihr dabei, die Kühlbox wegzuräumen, in die er neugierig hineinspähte.

»Ich habe Bananen und ein wenig Haferbrei zum Frühstück.«

»Ich mag Bananen.« Ein schüchternes Eingeständnis.

»Ich auch.«

Sie sagte nichts, als er ihr ins Badezimmer

folgte. Sie breitete die Hygieneartikel aus und platzierte eine neue Zahnbürste mit einem Superhelden auf dem Griff vor ihm. Da er zu klein war, um etwas zu sehen, drehte sie den Mülleimer um.

»Du kannst dich da draufstellen, um hochzukommen«, erklärte sie. Sie berührte ihn nicht, um ihm zu helfen, auch wenn sie es wollte. Er hatte nur eine gesunde Hand, aber wie die anderen Kinder war er flink und kam hinauf.

Er blinzelte sein Gesicht im Spiegel an.

Sie streckte ihre Zunge heraus und einen Moment lang schien er erstaunt zu sein.

Sie drückte Zahnpasta auf ihre Bürsten und fuhr dann damit fort, sich die Zähne zu putzen. Er tat es ihr gleich. Sie wusch sich das Gesicht mit einem Waschlappen und er tat dasselbe.

Als es an der Zeit für privatere Dinge war, sagte sie: »Ich muss auf die Toilette gehen und wäre dabei gern allein, wenn das in Ordnung ist?«

Er nickte und verließ sie, wobei er sogar die Tür ganz schloss. Nana erledigte ihr Geschäft schnell und war ängstlich, aber hoffnungsvoll, als sie das Badezimmer verließ.

Der Junge saß auf dem Boden und sah fern, drehte jedoch den Kopf, als sie erschien. Er stand auf und sagte: »Toilette.«

»Okay. Aber wasch dir die Hände, wenn du fertig bist.«

Er blickte auf seine Hände. »Okay.« Er ließ die Tür einen Spalt offen, weshalb sie ihn hörte, wie er pinkelte, runterspülte und sich dann die Hände im Becken wusch.

Als er herauskam, saß sie am Fußende eines Bettes, die Hände im Schoß gefaltet, da sie versuchte, für das Gespräch, das sie führen mussten, so wenig bedrohlich wie möglich zu wirken.

»Wie fühlst du dich?«, fragte sie.

Er zuckte die Achseln.

»Hast du Schmerzen? Ich habe Medikamente, die helfen könnten.« Paracetamol, welches sie für einen horrenden Preis an einer Tankstelle gekauft hatte. Sie zeigte ihm die Flasche.

Er biss sich auf die Lippe, als der Argwohn in seinen Blick zurückkehrte.

»Ich weiß, dass dir im Moment alles ein wenig seltsam und beängstigend erscheint, aber ich verspreche dir, dass ich dir nur helfen will. Ich will dir nicht wehtun. Sieh her.« Sie goss die Kindermedizin in den winzigen dazugehörigen Becher und trank die Flüssigkeit in einem Zug aus. »Das wird dir bei den Schmerzen helfen.«

Er nickte und sie hätte vor Erleichterung seufzen können, als er die ganze Dosis nahm.

Sie sprach weiter. »Nur damit du es weißt, wir werden nur heute Nacht in diesem Zimmer sein. Morgen fahren wir wieder weiter. Noch zweimal schlafen und wir sind im Haus. Ich habe bereits ein Bett für dich.«

»Mich?« Er pikste sich selbst in den Bauch.

»Ja, für dich. Und ich habe noch einen anderen Sohn, Dominick, und meine Tochter Pamela. Wir werden alle zusammenwohnen.«

»Ärzte?« Nur das eine Wort, aber es zeigte, wovor er Angst hatte.

»Keine, es sei denn, du musst untersucht werden, aber ich werde immer bei dir sein, und wenn ein Arzt oder jemand anderes versucht, dir wehzutun, dann gibt's eins auf die Nuss.« Sie tat so, als würde sie boxen, und zu ihrer Freude lachte der Junge.

»Wie Bugs Bunny.« Er zeigte auf den mittlerweile ausgeschalteten Fernseher.

»Ja, wie Bugs Bunny. Ich werde mich um dich kümmern, ST, wenn du es mir erlaubst.«

Er antwortete nicht, wurde jedoch munterer, als sie die letzte Überraschung des Abends hervorholte. Ein illustriertes Buch.

»Kann ich dir eine Geschichte vorlesen?«, fragte sie.

Er nickte.

»Ziehen wir dir erstmal deinen Schlafanzug an.«

Sie zeigte auf die Klamotten. »Möchtest du, dass ich dir helfe?« Mit seinem gebrochenen Arm könnte es mit seinem Hemd und seiner Hose schwierig werden.

Er nickte und hielt sehr still, als sie ihm seine Reisekleidung aus- und den sauberen Schlafanzug anzog. Der Ärmel auf der Seite seines gebrochenen Arms musste aufgeschnitten werden, damit die Schiene hineinpasste.

Er strich über den mit Dinosauriern bedruckten Flanellstoff. »Weich.«

»Das ist er. Und ich wette, dass das Bett es auch ist. Kann ich dich auf die Matratze heben?« Sie fragte lieber, anstatt ihn einfach zu packen.

Er nickte und streckte die Arme aus. Vorsichtig hob sie ihn auf das Bett und deckte ihn zu.

Er seufzte leise. »Schön.«

»Das ist es. Perfekt für eine Gutenachtgeschichte.« Sie wedelte mit dem Buch, um ihn daran zu erinnern. »Aber ich werde in deiner Nähe sitzen müssen, wenn du die Bilder sehen willst.«

Er rutschte vom Rand zur Matratze zu deren Mitte.

Sie setzte sich vorsichtig hin und legte das Buch in ihren Schoß, damit er es mühelos sehen konnte. Sie hatte sich für den altbewährten Dr. Seuss entschieden.

Als sie den albernen Reim zu Ende gelesen hatte, war er an sie gekuschelt. Als sie das Buch zuklappte, sah er mit glänzenden Augen zu ihr auf. »Lustig.«

»Möchtest du, dass ich es noch einmal lese?«

Er nickte, und während der dritten Wiederholung neigte er den Kopf, um zu sagen: »Stefan.«

Sie wusste sofort, was er meinte. Sie wusste nicht, wo er den Namen gehört hatte. Sie fragte nicht, warum er sich für diesen entschieden hatte. Sie erwiderte einfach nur: »Was für ein schöner Name für einen starken Jungen.« Ihr neuer Sohn.

Am folgenden Tag traf Stefan auf Dominick, ein Kind, das für sein Alter viel zu weise war und das einen Blick auf den gebrochenen Jungen warf und sagte: »Mein Bruder.«

Was Pamela anging, sie umarmte ihn und gab ihm einen feuchten Kuss, der den armen Stefan verblüffte, auch wenn er dabei lächelte.

Ihre Familie war gewachsen. Und aufgrund dieses verdammten Mr. X würde sie auch noch weiterwachsen.

KAPITEL EINS

Manchmal war es nervig, eine grosse Familie zu haben.

Wie in diesem Moment.

»Mir ist egal, dass Raymond mein Bruder und irgendeine Art von Genie ist. In dieser Sache ist er ein Idiot«, grummelte Stefan.

»Sei nett«, schalt Nanette »Nana« Hubbard – alias Mom – ihn.

»Ich werde nicht nett sein. Weißt du, worum dieses Arschloch mich gebeten hat?« Es zeigte Stefans Verärgerung, dass er vor seiner Mutter fluchte. Diesmal war sein Bruder Raymond allerdings zu weit gegangen. Bevor sie antworten konnte, erzählte er es ihr. »Er will, dass ich mich mit Katzenminze vollpumpe und mich in meinen Tiger verwandle.« Denn die Pflanze agierte als irgendeine

Art Auslöser, die ihn von einem Mann in eine Bestie verwandelte.

Mom machte Ausflüchte für Raymond. »Er versucht nur, dir und den anderen dabei zu helfen herauszufinden, was mit euren Körpern geschieht.«

Die Erinnerung veranlasste Stefan dazu, seine Lippen fest aufeinanderzupressen. Er hatte mehr als achtzehn Jahre gehabt, um zu verstehen, dass er anders war. Um gegen den Reiz der Droge anzukämpfen, der seine wilde Seite entfesselte. »Ich habe keinerlei Interesse daran, sein Versuchskaninchen zu sein.«

»Du wärst ein Versuchstiger«, erwiderte Raymond, der aus dem Keller kam. Oder wohl eher aus seiner Höhle.

»Und du musst eine Vampirkatze sein, weil du nie das Tageslicht siehst«, verspottete Stefan ihn mit der Wahrheit. Sein Bruder verließ selten das Haus.

»Du weißt, dass meine Haut empfindlich ist.«

»Angsthaste«, stichelte Stefan.

»Das sagt der Richtige, Mr. Ich-will-dir-kein-Blut-geben.«

»Bleib mit deinen Nadeln von mir fern!«, warnte Stefan.

»Es ist nur ein kleiner Piks. Du wirst es kaum spüren. Ich brauche nicht viel. Und vertrau mir, ich würde nicht einmal darum bitten, wenn mir die Haarproben das geben würden, was ich brauche.«

Daraufhin runzelte Stefan die Stirn. »Welche Haarproben? Ich habe dir nie welche gegeben.«

»Theoretisch gesehen nicht, und ehrlich gesagt sind abgeschnittene Haare nicht die besten.«

»Du hast ihm meine Haare gegeben?« Er funkelte seine Mutter an.

»Nicht so richtig«, erwiderte sie mit einem Achselzucken.

»Gib ihr nicht die Schuld. Wenn es auf dem Boden liegt, darf ich es nehmen«, erklärte Raymond grinsend.

»Warte nur ab, ob ich wiederkomme«, murmelte Stefan.

»Du wirst wiederkommen«, prophezeite seine Mutter. »Denn meine Haarschnitte sind kostenlos und gehen mit Erdbeer-Rhabarber-Kuchen einher.«

Er liebte Moms Kuchen. »Meinetwegen. Aber es stiehlt niemand mehr meine Haare. Ich werde sie aufkehren und eigenhändig verbrennen, wenn es sein muss.« Alles, um seinen jüngeren Bruder zu nerven.

»Du kannst deine ekelhaften Haare behalten. Wie gesagt, sie waren nutzlos. Ich brauche Blut. Vorzugsweise von deinen beiden Gestalten. Apropos, wann wirst du sie uns zeigen?«

»Niemals.« Auch wenn Stefan sein Geheimnis offenbart hatte, sobald er erkannte, dass Dominick und Tyson sich versehentlich in Katzen verwandelt hatten, hatte er sich geweigert, es irgendjemandem zu zeigen.

»Es würde mir bei meiner Forschung wirklich helfen.«

»Wenn du so neugierig bist, solltest du vielleicht derjenige sein, der ein paar Blätter Katzenminze kaut«, gab Stefan zurück. Denn scheiße ja, wenn sie von dem Mist genug aßen oder rauchten, nahmen gewisse Mitglieder der Familie Hubbard die Gestalt von Großkatzen an. Bisher Dominick, Stefan und Tyson. Seine Schwester Maeve hatte es ebenfalls versucht, aber ihr Bär reagierte überhaupt nicht. Entweder blieb sie fehlerhaft – laut der Firma, die sie geschaffen hatte – oder sie hatte als Bär einen anderen Auslöser.

»Ich kann wohl kaum dokumentieren, was passiert, wenn ich auf vier Beinen unterwegs bin, du Schwachkopf.«

Ein gutes Argument, aber Stefan stimmte ihm dennoch nicht zu. »Warum nervst du nicht Dominick damit?«

»Ihn muss ich nicht nerven, da er mit mir zusammengearbeitet hat.«

Mom mischte sich ein. »Mein guter Junge hat für

Raymond allerhand Tests über sich ergehen lassen. Was denkst du, wohin all die Kekse verschwunden sind, die ich gebacken habe?«

So wie er Dominick kannte, schien das Wandeln seiner Gestalt für Kekse ein guter Tausch zu sein. Der Mann würde für Moms Kochkünste seine Seele verkaufen.

»Wenn er dir hilft, warum brauchst du dann mich?« Stefan kannte den Grund, aber ihm war nach Jammern zumute.

»Weil es gut wäre, die Ähnlichkeiten und Unterschiede in der Erfahrung zu kennen. Zum Beispiel, wie viel ist nötig, bis die tierische Seite hervorkommt? Wie lange hält es an? Ist es in trockener Form besser als in flüssiger, oder sollte man sich an die frische Katzenminze halten?«

Tatsächlich kannte Stefan die Antworten auf einige dieser Fragen. Wenn er die Katzenminze rauchte, trat der Rausch schneller ein. Wenn er sie aß, hielt es länger an. Von der flüssigen Form bekam er Durchfall.

Anstatt es Raymond zu sagen, entschied er sich für: »Such dir jemand anderen.«

»Ich brauche einen Vergleichspunkt. Mom erlaubt mir nicht, Tyson zu benutzen. Pammy sagte, sie wäre gerade nicht in der richtigen Verfassung, um ihren Körper durcheinanderzubringen, und wenn ich sie noch einmal frage, würde sie mir meine Maus dorthin rammen, wo die Sonne nicht hinkommt.« Pammy war eine ihrer Schwestern. Dann waren da noch Maeve, Jessie – die aktuell nicht in der Stadt war – und Daphne, die Jüngste. Neun Kinder zusammen mit den Jungs: Dominick, Stefan, Raymond, Daeve und Tyson.

»Ich sag dir was, frag weiter und ich werde Pammy übertrumpfen und dir deine Tastatur so tief in den Arsch schieben, dass du die Buchstaben rülpsen wirst«, knurrte Stefan. Er wusste, dass sein Bruder absichtlich versuchte, ihn zu ärgern. Eigentlich hatte er guten Grund, ihn zu fragen, aber Raymond verstand einfach nicht die Schlacht, die Stefan mit der Bestie ausgefochten hatte. Nicht die in seinem Körper, sondern die der Sucht.

»Seid nett«, mahnte ihre Mutter. »Keinen Streit untereinander, nicht während die Wölfe uns umkreisen.« Und das meinte sie wortwörtlich.

»Nicht das schon wieder.« Stefan seufzte. Seit sein älterer Bruder ein Zusammentreffen mit einigen örtlichen Werwölfen gehabt hatte – denn diese Mistviecher existierten tatsächlich! –, war sie besorgt, dass die Katzen und Hunde in einen großen Revierkampf ausbrechen würden, wie in einer ihrer Motorradsendungen.

»Wolfsrudel sind territorial«, beharrte sie. »Ich habe über sie gelesen.«

»So pingelig können sie nicht sein, sonst hätten sie bereits gewusst, dass wir hier sind«, merkte er an, trotz der Tatsache, dass in einer großen Stadt die meisten Leute nie auf einen gewissen Teil der Einwohner trafen.

»Wie dem auch sei, sie wissen von uns, was bedeutet, dass wir diese Einladung, die wir bekommen haben, nicht ignorieren können.«

Eigentlich hatte er sie nicht nur ignoriert; er hatte die Einladung zur Feier vor ein paar Wochen verbrannt.

»Mir ist wirklich scheißegal, für wen die sich halten. Sie bleiben für sich. Wir werden für uns bleiben.« Für Stefan erschien es einfach. Je weniger Leute von ihnen wussten, desto sicherer blieben sie.

»Ich glaube nicht, dass dieser Plan funktionieren wird. Das war die Erinnerung, die ich heute auf meinem Handy bekommen habe.« Mom zeigte ihm das Display.

Stefan wusste bereits, was dort stand. *Vergesst nicht die Feier diesen Samstag*, zusammen mit einem Barbecue-Emoji. Er hatte dieselbe Nachricht bekommen. Vermutlich war sie ihnen allen geschickt worden.

Sein Rat? »Das ist eine Einschüchterungstaktik. Antworte nicht.«

»Du willst, dass wir die Leute ignorieren, die kein Problem damit hatten, Anika zu entführen?« Seine Mutter ließ es gleichzeitig wie eine Frage und eine Aussage klingen.

Anika war die Freundin seines Bruders, die von diesem sogenannten Wolfsrudel entführt worden war, damit Dominick die Tatsache enthüllte, dass er kein Mensch war. Die Überraschung in der Familie war groß gewesen, als sie erkannten, dass Werwölfe existierten. Zum Teufel, sie hatten immer noch mit den Nachwirkungen der Beichte ihrer Mutter zu kämpfen, dass all ihre Kinder in einem Labor entstanden waren. Das erklärte seine heftige Abneigung gegen Nadeln.

»Würdest du dich besser fühlen, wenn ich sagte, dass ich mich darum kümmern werde?«, fragte Stefan.

»Wie?«, erwiderte sie.

»Mach dir keine Gedanken darum.« Zu versuchen, seiner Mutter Angst zu machen? Dieses Spielchen konnte er auch spielen.

KAPITEL ZWEI

Als sie ihren Yogakurs verliess, bemerkte Nimway, dass sie verfolgt wurde. Aber man musste ihnen lassen, dass sie gut waren, und jedes andere Mädchen hätte sich keine Gedanken um die beiden scheinbar zufälligen Menschen gemacht, die sie zu ihrem Wagen verfolgten.

Nimway war nicht jedes andere Mädchen. Als sie näher kamen, wirbelte sie herum. »Kann ich euch helfen?«

Die Pfadfinderinnen sahen in ihren Uniformen und mit ihrem perfekten Lächeln fast schon engelsgleich aus, bis sie die bösen Kekse in ihren Armen entdeckte. »Würden Sie gern unsere Gruppe unterstützen?«, lispelte das Mädchen mit den Sommersprossen. »Wir haben Minzschokolade.«

»Nur die Minze?«

»Wir haben noch mehr Geschmäcker.« Und schon wurde der Katalog hervorgeholt. Das Mädchen blätterte zu einer Seite, wo ihr die Worte *Kokosnuss* und *Karamell* ins Auge sprangen.

Sag Nein zu den Keksen. Nein zur Erfüllung deiner Bürgerpflicht. Nein zur Köstlichkeit.

Nimway kaufte, was die gerissenen Kinder in den Armen hielten, und gab eine Bestellung auf, die so groß war, dass ihre Kreditkartenfirma ihr eine SMS schickte, um zu bestätigen, dass sie den Kauf getätigt hatte.

Ja, verdammt, ich habe alle Kekse gekauft.

Vielleicht wäre sie nächstes Mal stärker.

Das war allerdings zu bezweifeln.

Als sie zu ihrem Wagen ging, bemerkte sie ein daneben parkendes Motorrad, dessen Fahrer an dem Metallgeländer lehnte, das die Fahrzeuge von der Möchtegerngrünfläche auf dem Asphaltparkplatz trennte. Das Visier verbarg seine Züge, aber die Lederjacke schmiegte sich an breite Schultern. Aus der Nähe roch er leicht nach Erschöpfung, nach einem frischen Rasierwasser, das nicht reizte, und nach etwas anderem.

Lecker.

Es weckte ihr Interesse, was bedeutete, dass sie vorsichtig die Ohren spitzte und nach Bewegungen lauschte, als sie ihre Hand nach dem Türgriff ihres

Wagens ausstreckte. Der Schlüssel in ihrer Tasche schloss sie automatisch auf.

Nicht dass sie sich Sorgen darum machte, mit einem Kerl fertigzuwerden.

Als sie die Tür öffnete, stand er auf und nahm seinen Helm ab. »Hallo, Nimway Pendraggun des Valley-Rudels.«

Bezüglich des Namens musste sie wirklich etwas unternehmen. Ihre Eltern hatten einen Fetisch für alles, was mit der Artuslegende zu tun hatte. Dieser erstreckte sich jedoch nicht bis zur Recherche oder Rechtschreibung.

Sie drehte sich zu dem großen Kerl um, dessen rotes Haar aus dem Gesicht gebunden war und der einen beeindruckenden Bart trug. »Willst du das wirklich hier und jetzt tun, Stefan Hubbard?« Sie hatte seine Akte und sein Foto gesehen. Sie wusste alles über ihn und seine seltsame Familie. Neun plus die Mutter. Mindestens zwei von ihnen waren bestätigte Gestaltwandler. Hm, doch eher drei von ihnen.

Aus nächster Nähe war der Duft eindeutig. Nicht menschlich. Auch kein Wolf. Sein Bruder war eine Katze. Sie würde wetten, dass das auch für Stefan Hubbard galt. Ganz zu schweigen von der Tatsache, dass eigentlich nur Werwölfe existieren sollten. Vor Kurzem war ihr zu Ohren gekommen, dass sich einige Leute an Experimenten mit Menschen versucht hatten. War es da verwunderlich, dass das Rudel in Aufruhr war und verlangte, dass ihr Alpha etwas unternahm?

Er zog eine Augenbraue hoch. »Sollte ich mich geschmeichelt fühlen, dass du weißt, wer ich bin?«

»Eigentlich solltest du besorgt sein. Es kommt nicht jeden Tag vor, dass wir eine Familie potenzieller Konkurrenten direkt vor unserer Nase vorfinden.« In ihren Augen stellten die Hubbards eine Bedrohung dar. Vor allem, weil ein falscher Zug ihrerseits alle offenbaren könnte. Und außerdem befanden sie sich in einem Wolfrevier.

Die einzig gute Neuigkeit? Selbst wenn sich die ganze Familie verwandeln konnte, waren sie nicht genügend Leute, um es mit dem Rudel aufnehmen zu können. Trotzdem stellte sich ihre Existenz im Tal als problematisch heraus.

Die auf der Welt verteilten Rudel hatten Regeln bezüglich der Grenzen und derer, die innerhalb dieser leben konnten. Um Autorität und Macht zu behalten, musste man die Regeln durchsetzen, was mehr oder weniger eine Endbestimmung bedeutete. Das war der Grund, warum das Rudel überlegte, was es im Hinblick auf die Familie Hubbard unternehmen sollte. Die meisten von ihnen wollten sie aus der Stadt jagen.

Sie hatte nicht das Gefühl, dass Stefan diese Option gefallen würde.

Er hielt seinen Helm in einer Hand und ließ ihn neben seinem Bein baumeln. Seine Jeans stellte seine schlanke Figur zur Schau. Seine Größe kam von seinen langen Beinen. Seine Miene war fest entschlossen, als er brummte: »Wovon zum Teufel faselst du? Trotz meines fahrbaren Untersatzes sind wir nicht irgendeine Gang, die versucht, in euer Revier einzudringen.«

Sie trat näher an ihn heran, blickte auf – ganz nach oben – und nahm seinen Duft in sich auf, bevor sie flüsterte: »Wirst du wirklich versuchen, mich anzulügen? Wir wissen beide, dass du mehr als nur ein Mensch bist.« Keine Unterhaltung, die sie auf einem Parkplatz führen sollten, aber wo sonst konnten sie hingehen? Wenigstens waren sie allein und an einem neutralen Ort.

»Da liegst du falsch.«

»Was habe ich über das Lügen gesagt?«, schalt sie, wobei sie ihm auf die Wange tippte. »Dein Duft lügt nicht. Er ist eindeutig katzenartig.«

»Vielleicht habe ich einfach nur eine Katze.«

»Das ist nicht dasselbe, und das weißt du.« Sie schnalzte mit der Zunge. »Hör auf, etwas vorzutäuschen. Ich weiß, dass du dich verwandeln kannst. Ich weiß nur nicht, in welche Art von Katze. Wenn ich in einen Zoo ginge, könnte ich dort ein wenig schnuppern und es vielleicht herausfinden.« Der nächstgelegene, von dem sie wusste, dass er Großkatzen beherbergte, befand sich in Toronto.

»Ich befürchte, du liegst falsch.«

Eine weitere Lüge, aber da sie seine Akte mit seiner Suchtvergangenheit gelesen hatte, traf es sie. »Musst du high werden, um dich zu verwandeln?«

»Ich wurde high, weil es mir gefallen hat.«

»Nicht laut deiner Akten. Dir wurden mehrfach Medikamente gegen Depressionen verschrieben. Ist es dir schwergefallen, deine andere Seite zu akzeptieren?«

Einen Moment lang schien er mit sich zu kämpfen, bevor er schroff erwiderte: »Was denkst du denn? Die meisten Teenager haben es nur mit Haaren auf ihren Eiern zu tun. Versuch es mal mit Haaren am ganzen Körper und mit Aussetzern.«

Jetzt ergab so vieles Sinn. »Die Entdeckung, dass du dich verwandeln kannst, war der Grund, warum du während deiner Jugend und mit Anfang zwanzig so oft wegen Suchtproblemen im Entzug warst. Du konntest nicht damit umgehen, dass du nicht warst wie andere Jungs. Und ich würde wetten, dass die Leute dich verrückt nannten, wenn du ihnen die Wahrheit gesagt hast.«

»Ich habe es nie jemandem gesagt«, murmelte er. »Ich wusste, dass sie mir niemals glauben würden.«

»Nicht einmal deiner Familie?«

Daraufhin scharrte er vor Unbehagen mit seinem Schuh über den Boden und sie erwartete wirklich, dass er nicht antworten würde, aber zu ihrer Überraschung hatte er ein leises Eingeständnis zu machen. »Meiner Familie erzählen, dass ich ein Sonderling bin? Nein. Stattdessen habe ich sie denken lassen, ich sei ein Drogensüchtiger.« Er hob den Kopf und fügte trocken hinzu: »Weil das so viel besser war.«

»Es muss verrückt gewesen sein zu erkennen, dass deine Familie diese Eigenschaft mit dir teilt.« Sie beschwatzte ihn, da sie wusste, dass er irgendwann erkennen würde, dass er zu viel verraten hatte, und sich verschließen würde. Er schien nicht der Typ zu sein, der sein Herz ausschüttete.

»Ich weiß, was du tust. Du versuchst, mich dazu zu bringen, etwas zuzugeben.« Sein Blick wurde finster. »Ich bin nicht hergekommen, damit du versuchst, meinen Seelenklempner zu spielen.«

»Sei nicht angepisst, nur weil man mit mir gut reden kann«, gab sie hitzig zurück. Und vermutlich war das eine der seltsamsten Aussagen, die sie je gemacht hatte. Für gewöhnlich vermieden die meisten Leute Unterhaltungen mit ihr. Es hatte wohl etwas damit zu tun, dass sie einschüchternd war.

»Wer hat das denn behauptet? Du trickst mich nur aus, um mir Dinge zu entlocken.«

»Dann antworte nicht. Es ist nicht so, als würde ich dir den Arm verdrehen, Baby.«

»Nenn mich verdammt noch mal nicht Baby. Ich bin nicht hergekommen, um dir meine Lebensgeschichte zu erzählen, sondern um dir zu sagen, dass du verschwinden sollst.«

»Keine Chance. Es ist mein Job, potenzielle Konkurrenten auszuspähen.«

Seine Augenbrauen schossen in die Höhe. »Inwiefern sind wir denn Konkurrenten? Um Himmels willen, wir sind nicht daran interessiert, euch irgendetwas zu nehmen.«

»Noch nicht. Was ist, wenn eure Anzahl wächst?«

Stefan prustete. »Ich kann dir versichern, dass meine Familie keine Pläne hat, Ottawa zu erobern, wenn du das meinst.«

Laut der Akte hatte keiner von ihnen interessante Jobs bei der Regierung oder in anderen einflussreichen Bereichen. Was einfach nur kurzsichtig war. Das Rudel hatte immer Leute in einigen Schlüsselpositionen, wie in den Vollzugsbehörden, dem Gerichtswesen und selbst im Stadtrat. Sie waren große Befürworter für weitere Parks gewesen, in denen man Hunde von der Leine lassen konnte. Ein junger Wolf konnte problemlos als Hund durchgehen und brauchte einen Ort, an dem er seine Energie loswerden konnte.

»Das ist nicht die einzige Sorge. Eure Anwesenheit könnte uns preisgeben.«

»Wie das?«

»Zum einen war dein Bruder nachlässig, als er sich verwandelt hat, und wurde von einem Menschen gesehen. Seine Geschichte ist in den Nachrichten gelandet.«

Stefan verzog das Gesicht. »Ein Fehler, der nicht wieder vorkommen wird.«

Und doch war es so gewesen, weshalb sie Dominick aufgespürt hatten. Dort jedoch hatte das Rudel einen Fehler gemacht. »Ihr wisst, was wir sind.«

»Weil *eure* Leute es uns gezeigt haben. Ansonsten hätten wir weiterhin gedacht, wir wären Sonderlinge, die nicht existieren sollten.«

»Oh, ihr solltet nicht existieren«, sagte sie ausdruckslos. Das Experiment, das ihn zu einer Katze machte, war eine von Menschen gemachte Genveränderung, die auf der Fähigkeit der Werwölfe basierte. So hatten sie es jedenfalls gehört. Die Details blieben verschwommen, genau wie die Drahtzieher hinter dem Projekt.

»Brutal, aber wahr«, gab er zu. »Weshalb wir einfach nur unsichtbar bleiben wollen.«

Sie wedelte mit einer Hand. »Macht nur. Nur

nicht in unserem Revier. Deine Familie wird umziehen müssen.« Sie pikste ihn, um zu sehen, ob er kapitulieren würde. Wie erwartet tat er dies nicht.

»Mir ist scheißegal, was du oder euer Rudel wollt. Wir ziehen nicht um.« Diesbezüglich klang er fest entschlossen.

»Ist das eine Drohung?«

Er neigte den Kopf. »Wir suchen keinen Streit. Aber ich habe den Eindruck, dass du es tust.«

»Ich kümmere mich nur um das Rudel. Sein Überleben ist meine oberste Priorität. Und wenn ihr eine Bedrohung darstellt, dann ist es völlig egal, was ihr wollt.« Kalt, aber wahr. Alle erinnerten sich an die Geschichte, die in den Achtzigern aus Russland gekommen war. Ein Wolfsrudel mit dreißig Mitgliedern, alle ausgelöscht bis auf einen Jungen. Menschen waren nicht nett zu denjenigen, die sie als Monster erachteten. Daher machte es Sinn, zuerst zuzuschlagen.

Das leise Pfeifen ging mit einem Kopfschütteln einher. »Scheiße, aber das ist aggressiv. Also sollte ich erwarten, dass meine Familie einer nach dem anderen ausgeschaltet wird, da wir der Feind Nummer eins sind?«

»Noch nicht. Wir müssen noch zu einer Entscheidung kommen, weshalb deine Familie die Einladung erhalten hat, sich zu präsentieren.« Die Idee ihres

Bruders. Als Alpha des Rudels hatte Gwayne entschieden, dass die Familie Hubbard die Gelegenheit haben sollte, sich beim herbstlichen Familiengrillfest vorzustellen. Eine jährliche Tradition, bei dem die Köche der Familie gegeneinander antraten und köstliche Ergebnisse produzierten. Sie konnte Tante Jennys Rippchen und Onkel Petes Apfelkuchen mit Karamellsoße nicht erwarten.

»Ihr könnt nicht ernsthaft erwarten, dass wir erscheinen.« Offensichtlich verstand Stefan nicht, was für eine große Geste diese Einladung war. Außenstehende wurden niemals eingeladen.

»Habe ich erwähnt, dass ihr keine Wahl habt?«

»Oh doch, die haben wir. Es ist ausgeschlossen, dass sich meine Familie euch Psychos nähert, nicht nach dem, was ihr getan habt.«

»Sag mir nicht, dass du darüber heulen wirst, was passiert ist.« Sie verdrehte die Augen.

»Ihr habt die Freundin meines Bruders entführt.«

»Und sie unverletzt zurückgegeben.« Überwiegend, weil sie etwas bewiesen und ihre Neugier befriedigt hatten. Es gab Gestaltwandler in ihrem Revier, die im Zaum gehalten werden mussten. Aber vorsichtig, damit sie keine Aufmerksamkeit erregten. Der Hubbard-Clan war bereits unvorsichtig gewesen, und das Valley-Rudel hatte sein Bestes getan, jede bedauernswerte Erwähnung des Tierangriffs aus dem Internet zu löschen.

Er prustete. »Unverletzt? Ich habe gehört, was in dieser Nacht passiert ist. Ihr wolltet Anika wehtun, wenn Dominick nicht zugeben würde, dass er ein Panther ist.«

»Wir wollten nur, dass er die Wahrheit sagt. Und glücklicherweise hat er das getan, mit einer plausiblen Erklärung für seine Ignoranz. Hätte er gelogen, hätten wir sein Leben nicht verschont.«

Stefans Augen wurden groß. »Ihr hättet meinen Bruder umgebracht?« Endlich hatte sie es geschafft, ihn zu erschrecken.

»Das ist kein Spiel, Baby. Das Überleben des Rudels ist das einzig Wichtige, und jeder, der dem in die Quere kommt …« Sie neigte den Kopf und lächelte.

»Du gestehst gerade Mord.«

»Wem wirst du es sagen?«, spottete sie. »Niemandem, weil du zu viel zu verbergen hast.«

»Nicht so frech werden, *Schätzchen*.«

War das die Vergeltung für *Baby*? Wie niedlich.

»Erzähl mir von deiner Familie. Neun Kinder. Alle adoptiert. Von wo?« Denn die Adoptionspapiere führten in eine Sackgasse. Sie wussten eigentlich nur von der Sache mit dem Labor, weil Gwayne in Kontakt mit einem der Hubbards gestanden hatte.

»Wie wäre es, wenn du stattdessen ein paar Fragen beantwortest? Dominick meinte, euer Rudel könne sich in Wölfe verwandeln.«

Eine Sekunde lang antwortete sie fast nicht. Er war nicht Teil des Rudels. Wie konnte er es wagen, Fragen zu stellen?

Und doch faszinierte er sie, vor allem, weil es unmöglich erschien, dass er nichts wusste. »Alle Lykanthropen können sich verwandeln.«

»Du auch?«, erwiderte er.

»Ich bin ein Wolf-Gestaltwandler und ich rate dir hier und jetzt, niemals *Bitch* zu sagen.«

»Zur Kenntnis genommen. Wie bist du zum Wolf geworden?«

Sie zog eine Augenbraue hoch. »Baby, ich wurde so geboren.«

»Genau wie ich, aber nicht ohne ein wenig wissenschaftliche Hilfe. Wurdest du auch in einem Labor geschaffen?«

Sie sah den Moment, in dem er erkannte, dass er zu viel preisgegeben hatte, woraufhin er versuchte, seinen Fehler zu korrigieren. »Reagenzglas-Schwangerschaft.« Er versuchte, es herunterzuspielen, aber sie war wie ein Wolf mit einem Knochen und hielt sich daran fest.

»Ich kenne bereits deine Ursprungsgeschichte. Weißt du, wir hatten ein paar Fragen, als wir feststellten, dass du niemals legal adoptiert wurdest. Dass du in einem Geheimlabor geschaffen wurdest, erklärt, warum wir nichts über dich oder den Rest deiner Familie herausfinden konnten. Die Frage ist: Haben diejenigen, von denen du gestohlen wurdest, die Suche nach dir aufgegeben?«, grübelte sie laut. »Ich frage mich, ob es eine Belohnung für deine Rückkehr gibt.«

Panik huschte durch seine Gesichtszüge. »Du kannst uns nicht enthüllen.«

Das würde sie niemals tun, aber das würde sie nicht zugeben. »Es würde das Problem des Rudels lösen.« Eine grausame spitze Bemerkung, welche die Panik nahm und in Wut verwandelte.

»Ich wäre vorsichtig damit, mit solchen Drohungen um mich zu werfen, denn ich würde wetten, dass sie an natürlich geborenen Huanimorphen interessiert wären.«

»Wie bitte?«

Er wedelte mit einer Hand. »Das ist ein dämliches Wort für das, was sie zu kreieren versucht haben. Menschlich-tierische Hybride.«

»Ich würde sagen, sie hatten Erfolg. Wer ist für die Kreation verantwortlich?« Denn ihre Hubbard-Quelle hatte nicht die geringste Ahnung.

»Woher zur Hölle soll ich das wissen? Ich bin dort entkommen, als ich ein Kind war. Und ich werde nicht zurückkehren.« Er wirkte aufgewühlt, als er sich mit seinem Helm auf das Bein schlug. Er sah sie an. »Sie sind der Grund, warum ihr euch keine Sorgen darum machen müsst, dass wir etwas tun, das Aufmerksamkeit erregt.«

»Nur dass ihr das bereits getan habt. Oder hast du den Mann vergessen, den dein Bruder ins Krankenhaus befördert hat?«

Dominick hatte einen Menschen zerkratzt, anstatt ihn einfach zu töten. Der Mann erzählte allen, was er gesehen hatte, was zu Komplikationen führte.

»Das wollte er nicht tun. Die Tiersache ist schwer zu kontrollieren.«

»Nein, ist sie nicht«, gab sie stirnrunzelnd zurück.

»Willst du damit sagen, dass deine Rudelwölfe niemals losrennen und Menschen angreifen?«

»Wir jagen Wild im Wald, keine Menschen.«

»Wie kannst du dir da so sicher sein, dass du es nie getan hast? Bist du nach einer Wandlung nie aufgewacht und hast dich gefragt, wo das Blut herkam?«

Sie starrte ihn an, und dann wurde es ihr klar. »Willst du sagen, dass du den Körper nicht kontrollierst, wenn du dich verwandelst?«

Er presste seine Lippen zu einer dünnen Linie zusammen.

»Und lass mich raten, wie dein Bruder brauchst du Katzenminze, um dich zu verwandeln.« Zuerst hatte sie es nicht geglaubt; allerdings beharrte ihre Quelle darauf, dass die Verwandlung nicht ohne einen Katalysator funktionierte.

»Na und? Ihr müsst doch auch irgendetwas benutzen. Was ist es, Wolfswurz?«

Sie reagierte nicht auf das Wort. »Wir benutzen nichts, um uns zu verwandeln.«

»Wie macht ihr es dann?«

»Wir machen es einfach. Manche von uns sind besser darin als andere. Die Schwachen brauchen Mondlicht zur Unterstützung. Die Starken können es, wann sie wollen, und manchmal mehr als einmal innerhalb einer kurzen Zeitspanne.«

»Wann sie wollen.« Das sprach er nachdenklich aus.

»Ja, wann sie wollen. Und du solltest auch fähig sein, das zu tun. Das Wandeln der Gestalt ist Teil von dir. Du solltest keine Pflanze brauchen.«

»Nicht ganz, Schätzchen. Ohne sie passiert gar nichts.«

Nach dieser Neuigkeit murmelte sie: »Interessant. Geht es deiner ganzen Familie genauso?«

Er runzelte die Stirn und wich der Frage aus. »Nennt man es wirklich so? Verwandeln?«

Sie tätschelte seine Wange. »Du hast noch so viel zu lernen.«

»Dann bring es mir bei.«

Sie hielt inne, als sie in ihren Wagen stieg und ihm einen Blick zuwarf. »Also ich wette, das ist etwas, das du nicht oft sagst.«

»Ich meine es ernst. Du weißt offensichtlich mehr über diese Sache mit dem Verwandeln als ich. Ich brauche einen Lehrer.« Die Arroganz war verschwunden.

Sie lachte. »Du willst definitiv nicht mich.« Es mangelte ihr an Geduld, was der Grund war, warum Gwayne das Rudel anführte und nicht sie oder Lansolot, ihr anderer Bruder.

»Wie sonst soll ich herausfinden, was passiert?«

»Du willst Antworten? Dann sehen wir uns beim Grillfest.«

Wo über das Schicksal von Stefan und seiner Familie entschieden wurde.

KAPITEL DREI

Stefan hatte zu viel offenbart, und er war sich nicht einmal sicher warum. Es lag sicherlich nicht daran, dass Nimway eine freundliche und einladende Persönlichkeit hatte.

Schroff. Selbstsicher. Sexy. Mit dem Talent, ihm seine dunkelsten Geheimnisse zu entlocken.

Grr.

Das Treffen mit Nimway hatte nichts gelöst. Nein. Jetzt hatte Stefan mehr Fragen denn je, zum Beispiel: Würden ihre Lippen genauso gut schmecken, wie sie aussahen?

Sie würde ihn vermutlich ausweiden, wenn er versuchte, es herauszufinden. Sie waren nicht gerade beste Freunde geworden. Er hatte sie aufgespürt, da es einfacher erschien, sich ihr anzunähern als ihrem Bruder. Gwayne lebte ausgerechnet in

Barrhaven, einer Gegend mit guten Schulen und Parkanlagen.

Ein Werwolf in der Vorstadt? Es erschien weit hergeholt, aber auf der anderen Seite, was wusste er schon? Bis vor Kurzem hatte er sich für den einzigen gestaltwandelnden Sonderling in der Familie gehalten, bis zu den Vorfällen mit Dominick und Tyson. Seltsam, dass er mit Nimway mehr über seinen Zustand geredet hatte als mit seinen eigenen Brüdern. Warum hatte er sich ihr offenbart?

Was für ein Idiot er war. Er hatte sogar die beschämende Tatsache verraten, dass er nicht wusste, wie man die Bestie kontrollierte. Eine Weile war er davon überzeugt gewesen, er müsse ein Serienmörder sein, wenn man bedachte, wie oft er im Wald aufgewacht war, umgeben von zerfetzten Tierkadavern. Nur einmal war er so dumm gewesen, sich zu übergeben. Nach diesem geschossartigen Erbrechen von Brocken, das an einen Exorzismus erinnerte und am besten verborgen blieb, hatte er gelernt, die Übelkeit herunterzuschlucken. Schließlich erreichte er den Punkt, an dem er sich die Lippen leckte.

Das Blutbad genießen? Das veranlasste ihn nicht dazu, sich Hilfe zu suchen. Aber es war kurz davor. Es war etwas Schlimmeres nötig, um ihn in eine Entzugsklinik zu treiben.

Kein einziges Mal in mehr als einem Jahrzehnt war er versucht gewesen, diese andere Seite von ihm herauszulassen. Er hatte den Tiger sicher weggesperrt.

Aber dann behauptete Nimway, er solle noch immer die Kontrolle haben, dass es möglich sei, die Bestie zu lenken. Konnte man diese Fähigkeit erlernen? Das Problem war, dass sie kein Interesse daran hatte, ihm zu helfen. Stattdessen würde sie es vorziehen, ihn und seine Familie aus der Stadt zu jagen.

Das würde nicht passieren, aber gleichzeitig wollte er nicht auf die Knie gehen. Welche Wahl blieb ihm dann?

Sie hatte ihm gesagt, er solle sich auf der Feier mit ihr treffen. Wenn er hinging, würde sie ihm dann Antworten geben? Konnte er es sich leisten, aus Sturheit fernzubleiben und nicht mehr herauszufinden?

Es gab nur eine Sache zu tun, wenn er sich einer schwierigen Entscheidung gegenübersah: es mit der einen Person durchsprechen, der er vertraute – der Person, der er sein Geheimnis früher hätte offenbaren sollen.

Stefan endete auf einem Hocker an der Kücheninsel seiner Mutter, wo er die Hände um eine Tasse ihres besonderen Tees gelegt hatte, der cremig und stark war, mit einer Prise Zucker. Dazu noch die gesalzenen und kandierten Walnüsse, zusammen mit dem frisch geschnittenen Räucherfleisch, und er beruhigte sich langsam. Kauen hatte diese Wirkung.

Zu diesem Zeitpunkt des kleinen Imbisses hatte er seiner Mutter bereits von dem Treffen mit Nimway erzählt. Aber das war nicht das, wovon sie wirklich hören wollte.

»Wann wirst du mit mir über deinen Tiger sprechen?«

Er verschluckte sich an seinem Mundvoll Tee. Er nahm sich eine Serviette und erwiderte hustend: »Wie wäre es mit niemals?«

»Warum?«

»Weil es der Grund ist, warum ich Schwierigkeiten hatte und Drogen genommen habe.« Er schenkte ihr ein mattes Lächeln. »Ich bin mir ziemlich sicher, dass keiner von uns diese Jahre wiederaufleben lassen will.«

»Selbst während dieser schwierigen Phase warst du ein guter Junge.« Sie griff nach seiner Hand.

»Ich war ein wenig angenehmer Süchtiger.« Er war auf seine Familie losgegangen, da er sich für zu anders gehalten hatte, um ihrer Liebe würdig zu sein. Gleichzeitig hatte er Angst gehabt, er könnte ihnen unbeabsichtigt wehtun.

»Du warst ein großes Arschloch, aber du scheinst

zu vergessen, dass die einzige Person, der du jemals wehgetan hast, du selbst warst.«

Die alten Mönche geißelten sich mit Schilfrohr und Lederbändern, was auch immer sie finden konnten. Stefan folterte sich emotional mit brutaler Heftigkeit. »Ich war außer Kontrolle.«

»Aber es waren nicht nur die Drogen«, mutmaßte sie. »Es lag auch daran, dass du von deiner anderen Seite erfahren hast.«

Er wurde unruhig. »Nicht ganz. Zuerst wusste ich nicht, was mit mir passierte. Dafür haben die Aussetzer gesorgt.«

»Wann hat das angefangen?«

»Ich war sechzehn und habe bei Billy übernachtet. Er hatte eine Katze.« Die ein Spielzeug mit Katzenminze darin neben seinem Kopf hatte fallen lassen.

Am nächsten Morgen machten sich seine Freunde über ihn lustig, als sie ihn nackt mit dem Spielzeug im Mund vorfanden. Selbst als er vor ihrem Spott floh, sehnte er sich nach der Katzenminze. Noch am selben Tag landete er in einer Zoohandlung, um sich mehr von dem grünen Puderzeug zu besorgen. Und damit begann die Abwärtsspirale.

»Hast du dich vor Billy verwandelt?«, fragte Mom.

»Nicht wirklich. Für eine volle Verwandlung hat

es nicht ausgereicht. Es war gerade genug, um einen Rausch zu bekommen und dämlich zu sein.«

Ein billiger Rausch, was bedeutete, dass er Unmengen auf einmal zu sich nehmen konnte, als er vom Riechen zum Rauchen überging. Das führte zu Aussetzern und dazu, dass er splitterfasernackt aufwachte. Manchmal mit Blut und Fell in seinem Mund, wobei gelegentlich sogar noch die Überreste des Tieres, welches er getötet hatte, in seiner Nähe lagen.

Eine Weile lang hatte er angenommen, er müsse ein Psychopath sein. Damals waren Handyvideos noch eine neue Sache, also musste er sich eine Kamera ausleihen, um aufzunehmen, was geschah. Er stellte sie so ein, dass sie bei Bewegung mit der Aufnahme startete, dann berauschte er sich im Wald. Er rauchte es und aß sogar ein wenig davon. Knusprig. Lecker.

Später wachte er an derselben Stelle wieder auf, unbekleidet und mit den Überresten eines Fisches, die sein Bett aus Moos fürchterlich stinken ließen. Und als er sich nach einer Weile das Kameravideo ansah, haute es ihn fast aus den Socken.

Ein Tiger. Er verwandelte sich in einen verdammten Tiger!

Stefan merkte nicht einmal, dass er seine

Geschichte erzählt hatte, bis seine Mutter sagte: »Du Idiot. Warum hast du nicht mit mir geredet?«

Er sah sie an. »Weil ich dachte, mit mir würde etwas nicht stimmen. Ich war besorgt, dass ich gefährlich war. *Bin*«, korrigierte er sich.

»Hast du irgendjemanden getötet?«

»Nicht dass ich wüsste.« Er hatte die Nachrichten verfolgt, ob es Berichte über Angriffe wilder Tiere gab.

»Dann bin ich mir nicht sicher, was dein Problem ist.«

Er blinzelte seine Mutter an. »Das Problem ist, dass ich mich in eine gestreifte Bedrohung verwandle, die keinen anderen Gedanken als die Jagd hat.«

»Die Jagd auf Tiere. Es ist nicht so, als wärst du Veganer.«

»Das ist nicht dasselbe, Mom.«

»Pfeil und Bogen, Gewehr oder Zähne. Alles Waffen. Deine sind jetzt nur besser tragbar.«

Er verschluckte sich beinahe, als sie rechtfertigte, dass er eine pelzige Killermaschine war. »Ich hoffe, das hast du nicht zu Tyson gesagt.«

Sie prustete. »Und ihn ermutigen? Nein. Aber er braucht jemanden, der genau dieses Problem hatte und ihn anleiten kann. Ich würde wetten, dass Dominick auch nichts dagegen hätte.«

Seine Brüder waren beide auf der Suche nach Rat zu ihm gekommen. Er hatte ihnen gesagt, dass sie sich von Katzenminze fernhalten sollten. »Ich bin mir nicht sicher, ob mein Scheitern in irgendeiner Form hilfreich sein kann.«

»Sagt der Mann, der die Drogen aufgegeben hat. Wie viele Jahre sind es jetzt?«

»Fast zehn.« Aber es hatte seinen Preis. Er war immer angespannt und aggressiv, wenn ihm andere in die Quere kamen. Sport und Vögeln waren die einzigen Dinge, die ihm Erleichterung verschafften. Und Letzteres hatte begonnen, seinen Reiz zu verlieren. Er konnte kaum noch länger als ein oder zwei Stunden am Stück schlafen, und Frauen hatten es nicht gern, wenn man sie mitten in der Nacht verließ.

Ein Blech voller Kekse wurde aus dem Ofen geholt. Kokosnussmakronen und Kekse mit Mandelstückchen. Gleich würde Mom sie mit geschmolzener Schokolade überziehen, die hart werden und sie zum perfekten Leckerbissen machen würde.

Er wartete geduldig darauf. Das hatte er immer getan, selbst als kleiner Junge. Dominick, sein älterer Bruder, hatte versucht, ihm beizubringen, einen Keks zu stibitzen, wenn Mom ihnen den Rücken zuwandte, aber Stefan verließ sich auf die Geduld.

Das brachte ihm immer etwas Süßes ein, auch wenn seine Mutter behauptete, es seien seine Augen, die sie schwach machten.

Sobald Mom mit der Schokolade fertig war, kam seine Schwester Maeve in die Küche und schnappte sich eines der Gebäckstücke. Sie fragte nicht einmal. Ihr kurz geschnittenes Haar war rosa gefärbt und von weißen Strähnen durchzogen. Es stand ihr, zusammen mit dem Silberschmuck in ihren Ohren, der Nase und den Augenbrauen.

»Was sind wir mutig«, spottete Stefan. Dominick bekam immer einen Klaps auf die Hand, wenn er dasselbe zu tun versuchte.

»Ich muss nicht mutig sein, da ich Moms Liebling bin«, gab Maeve zurück. Seine jüngere Schwester lebte noch immer zu Hause.

»Das hättest du wohl gern«, schnaubte er.

»Ich habe keine Lieblinge, und Maeve bekommt einen Keks, weil sie zu dünn ist. Sie muss mehr essen«, verkündete Nana.

Maeve prustete. »Zum letzten Mal, ich bin nicht untergewichtig. Stefan hingegen sieht aus, als hätte er sich ordentlich an der Lasagne bedient.«

»Ich bin nicht fett!«

»Wenn du das sagst. Dein Hemd muss in der Wäsche eingelaufen sein.«

Er mochte vielleicht ein paar Kilo zugenommen

haben, aber das würde eine zusätzliche Stunde im Fitnessstudio wieder in Ordnung bringen. »Und zu denken, dass ich einmal diesen netten Eismann verprügelt habe, weil er dich beleidigt hat.« Stefan war in gewissen Dingen zwar geduldiger als Dominick, tolerierte es aber nicht, wenn seine Geschwister schikaniert wurden.

»Ha, das hast du nicht für mich getan. Wie ich mich erinnere, hast du nach dieser *Unterhaltung* mit ihm«, sie machte mit ihren Fingern Anführungszeichen in der Luft, »kostenloses Schokoladeneis bekommen, bis er den Job gewechselt hat.«

Er lächelte. »Ich liebe Schokoladeneis.«

»Und meine Kochkünste.« Seine Mutter strahlte, als sie ihm einen Teller mit vier Keksen darauf reichte, was in ihm die Frage aufwarf, wie viel eigentlich eine normale Portion war.

Er sah nach unten. »Vielleicht sollte ich mich mit den Kohlenhydraten zurückhalten.«

»Unsinn«, schnaubte seine Mutter.

Maeve hatte einen anderen Ratschlag. »Wenn du dir deine schicken Klamotten anziehst, solltest du dein Hemd nicht reinstecken, dann fällt es weniger auf.«

»Warum sollte ich meine schicken Klamotten anziehen?« Er stellte sich dumm.

»Du weißt, dass das Grillfest morgen Abend ist.«

»Und? Ich erinnere mich nicht, dass erwähnt wurde, ich müsste mich dafür schick machen.«

»Wir werden nicht wie die Penner dorthin gehen«, verkündete seine Mutter.

»Es gibt kein Wir und kein Fest. Ich werde nicht zulassen, dass diese Familie in die Nähe dieser Sippe kommt.«

Maeve klatschte. »Bravo, oh mächtiger Retter, der denkt, er würde für uns alle sprechen.«

»Fang bloß nicht an«, knurrte er. »Ich will nicht, dass du etwas damit zu tun hast.«

»Das habe ich bereits oder hast du vergessen, dass ich im selben Labor geboren wurde?«, erwiderte Maeve trällernd.

Er schloss die Augen. Diese Erinnerung war nicht nötig. »Aber du konntest dich bisher noch nicht verwandeln.«

»Nicht weil ich es nicht versucht hätte. Katzenminze funktioniert bei Bären nicht.«

»Ich weiß nicht, warum du es überhaupt willst. Macht es dir keine Angst?«, rief Stefan.

»Auch wenn ich nicht allzu angetan von der Vorstellung bin, ein Flohhalsband zu tragen, finde ich es doch irgendwie ganz nett. Wenn ich denn je herausfinde, was mein Auslöser ist.«

»Vielleicht hast du Glück und es fehlt dir das Gen, das dich in ein Tier verwandelt«, gab er zu bedenken.

»Oh, ich bin mir ziemlich sicher, dass ich es habe, denn das würde das eine Mal erklären, als ich nach einem One-Night-Stand einen Aussetzer hatte. Ich dachte, er hätte mir K.-o.-Tropfen gegeben, als ich am nächsten Tag nackt im Park aufgewacht bin. Um es ihm heimzuzahlen, habe ich dafür gesorgt, dass sein Auto Bekanntschaft mit meinem Schlüssel macht.«

Er verzog das Gesicht. »Aua.«

Sie zuckte die Achseln. »Missverständnis.«

»Weißt du, was es ausgelöst hat?«

Sie schüttelte den Kopf. »Nein, aber Raymond hat ein paar Ideen, die wir ausprobieren können, um es herauszufinden.«

»Ich wünschte wirklich, ihr würdet mit diesen Tests ein wenig langsamer machen«, grummelte Mom. »Es ist gefährlich.«

»Mom hat recht. Du solltest das nicht auf die leichte Schulter nehmen«, pflichtete Stefan ihr bei.

»Und genau deshalb müssen wir mehr erfahren. Mom denkt, dass auf dieser Feier Leute sein werden, die uns Antworten geben könnten.«

»Ich vertraue ihnen nicht.«

»Das hoffe ich doch«, erwiderte Maeve. »Wir kennen sie kaum. Aber die einzige Möglichkeit, um herauszufinden, was für Leute das sind, besteht darin, ihnen näherzukommen.«

Einer von ihnen war er nähergekommen. Sie erinnerte ihn insofern an Katzenminze, als dass er sich in ihrer Nähe nicht wie er selbst fühlte.

»Wir gehen morgen Abend dorthin«, erklärte seine Mutter. »Wir alle, bis auf die Jüngsten.«

»Schließt das auch Maeve mit ein?«, stichelte er.

»Ha, ha. Witzig. Nicht.« Seine Schwester verzog das Gesicht. »Tatsächlich werde ich mit Pammy reden und sehen, ob ich sie davon überzeugen kann mitzukommen.«

»Spricht sie wieder mit uns?« Pamela hatte nach der Enthüllung, dass sie alle in einem Labor kreiert und mit Tieren gekreuzt worden waren, einen kleinen Zusammenbruch erlitten. Sie behauptete, dass sie Zeit bräuchte, um darüber nachzudenken, und distanzierte sich von ihnen. Er hatte das Gefühl, dass er wusste, was das bedeutete.

»Sie muss sich gerade nur mit ein paar Dingen auseinandersetzen. Mit der Arbeit. Und ihrem Liebesleben.« Mom sah besorgt aus.

Er machte sich die geistige Notiz, nach Pamela zu sehen. »Ich glaube nicht, dass sie hingehen sollte. Genauso wenig wie du oder jemand anderes in dieser Familie.«

Mom schüttelte den Kopf. »Ich gehe hin.«

»Ich auch«, stimmte Maeve mit ein.

»Das ist eine schlechte Idee.«

»Möglicherweise, weshalb sich folgende Frage stellt: Wirst du an meiner Seite sein und mich beschützen? Oder wirst du mich allein in die Höhle der Wölfe gehen lassen?« Mom trug dick auf.

Er stöhnte. »Um Himmels willen, meinetwegen. Ich werde hingehen. Aber ich bleibe nicht lange.«

Maeve ahmte mit ihren Fingern eine Explosion nach, als sie ausrief: »Bumm, getroffen vom Monster der Schuldgefühle.«

»Nicht witzig«, grummelte er. »Ihr sollt wissen, dass ich gegen diese dämliche Idee bin.«

»Sei nicht so negativ. Vielleicht wirst du auf dieser Feier jemanden finden.«

Stefan konnte nicht glauben, dass sie das gesagt hatte. »Mom, ich suche nicht nach einer Freundin.«

»Das solltest du aber. Du wirst immer älter.«

Er zog an seinem Bart. »Mom!«

Maeve kicherte. »Alt und fett. Beeil dich lieber und heirate.«

Er funkelte seine Schwester an. »Immer noch nicht lustig.«

Mom stimmte zu. »Es ist ernsthafte Arbeit, den richtigen Partner zu finden, weshalb du dich von deiner besten Seite zeigen wirst, Maeve Hubbard.«

»Warte mal einen Moment. Warum sprichst du mit mir?«, protestierte Maeve.

»Du könntest jemanden in deinem Leben vertragen.«

»Ich bin noch nicht einmal dreißig.«

»Und? Die Liebe kann jederzeit kommen. Auf dieser Feier werden Jungs sein«, trällerte Mom.

»Mom, wir sprechen von Werwölfen auf dieser Feier. Ich bin ein Bär. Das passt definitiv nicht zusammen.«

»Das weißt du doch gar nicht mit Sicherheit«, warf Mom ein.

»Opfere dich für die Gemeinschaft, Maeve«, zog er seine Schwester auf.

»Halt die Klappe«, zischte Maeve.

»Ah, nicht schüchtern sein. Du hast die Erlaubnis von Mom, dich schwängern zu lassen.«

»Apropos schwängern lassen, Henny im Schönheitssalon hat eine Nichte, die nur ein Jahr jünger ist als du. Single. Attraktiv. Arbeitet Vollzeit als Abteilungsleiterin im Baumarkt.«

Er blinzelte seine Mutter an. »Nein.«

»Antworte noch nicht. Du hast sie ja noch gar nicht gesehen.«

Er schüttelte den Kopf. »Ich lasse mich mit niemandem verkuppeln.« Fast hätte er noch ein *niemals* hinzugefügt. Mit der Bombe, die er in sich herumtrug, wagte er es nicht, das Risiko einzugehen.

Sein Bruder Dominick hingegen hatte es getan.

Er war mit der sehr menschlichen Anika verlobt. Machte er sich keine Sorgen darüber, was er vielleicht vererben könnte?

»Das sagst du jetzt. Aber warte, bis du die richtige Frau triffst.« Seine Mutter verschränkte die Finger. »Du weißt nie, wann die wahre Liebe kommen kann.« Mom hatte in ihrem Leben nur einen Mann geliebt, und der war ein Jahr, bevor sie ihr erstes Waisenkind adoptierte, gestorben.

»Wenn ich es mir genau überlege, bleibe ich vielleicht doch zu Hause.«

»Mach doch, du Weichei«, forderte Maeve ihn heraus, während sie sich einen Keks in den Mund schob. »Bleib zu Hause und tu so, als würde nichts hiervon passieren. Der Rest von uns wird die Nachbarn kennenlernen. Drück die Daumen, dass ich sie nicht beleidige.«

»Was soll dann passieren? Werden uns die Wölfe kein zweites Mal einladen?«, kam seine sarkastische Antwort.

»Vielleicht entscheiden sie sich dann dafür, ihr Revier von denen zu befreien, die sie als Konkurrenten erachten.«

Das hätte er für übertrieben gehalten, wäre nicht seine Unterhaltung mit Nimway gewesen. »Sie rühren besser meine Familie nicht an.«

Maeve zuckte die Achseln. »Du wirst nicht da

sein, um es aufzuhalten, also lasst uns hoffen, dass keiner von uns etwas Dummes tut, während du zu Hause schmollst.«

Bevor er antworten konnte, mischte seine Mutter sich ein. »Es ist in Ordnung, Stefan. Wenn du so sehr dagegen bist, solltest du fernbleiben. Keine Sorge. Wir werden Dominick bei uns haben.«

Diesen hitzköpfigen Neandertaler? Er stöhnte, als er der umgekehrten Psychologie erlag. »Ich gehe hin, aber ich werfe mich nicht in Schale.«

Dennoch trug er ein besonderes T-Shirt.

KAPITEL VIER

Mom starrte Stefans T-Shirt an, während Tyson einfach nur lachte. Dominick schüttelte den Kopf und sagte: »Willst du, dass wir umgebracht werden?«

»Was stimmt damit nicht?« Stefan blickte auf das Bild eines aufreizenden Rotkäppchens herab, dessen Umhang und Rock hochgezogen waren und ein langes Bein entblößten, während sie mit dem Finger vor einem Wolf wackelte. Daneben stand: *Friss mich.*

»Der Zweck dieses Unterfangens ist, ein friedliches Bündnis zu erzwingen, nicht, sie wütend zu machen. Und du weißt, das bedeutet, dass du einfach ein Arschloch bist.« Dominick gab, wie üblich, seine unverblümte Meinung von sich.

Eine korrekte, wie sich herausstellte. Stefan war

ungewöhnlich trotzig. Er konnte nicht anders. Seit dem Treffen mit Nimway war er nervöser als sonst. Dennoch hatte seine Familie nicht unrecht. Er sollte ihre Gastgeber nicht absichtlich verärgern. »Hat irgendjemand ein Hemd für mich?« Er war bereits vor Jahren ausgezogen und hatte keine Ersatzkleidung parat.

Da Raymond nur zwei Hemden besaß, von denen das andere rot war – etwas, das mit seinem roten Haar absolut nicht zusammenpasste –, blieb ihm nur etwas aus Dominicks Kleiderschrank übrig: ein übergroßes, kariertes Hemd. Sein Bruder grinste, als er einen Arm um ihn legte.

»Zwillinge.«

»Verpiss dich.«

»Kopf hoch, kleiner Bruder«, zog Dominick ihn auf. »Jetzt, wo ich ein vergebener Mann bin, hast du vielleicht eine Chance bei den Frauen.«

»Ich bin nicht daran interessiert, mir Flöhe einzufangen.«

»Sehen meine Jungs nicht gut aus? Lächeln.« Mom hielt ihr verdammtes Handy in die Höhe und machte ein Foto nach dem anderen. Er wusste nicht wozu, da sie die sozialen Medien nicht benutzte. Vielleicht hatte sie einen riesigen Cloud-Speicher, in dem sie all ihre Fotos sicherte, in Erwartung einer zukünftigen Hochzeits-Diashow, um die Gäste zu quälen. »Lasst uns gehen.« Sie huschte durch die Tür.

»Einen Moment noch«, erwiderte Dominick. »Ich will Pammy sagen, dass wir gehen.«

»Ich bin mir ziemlich sicher, das weiß sie bereits«, kicherte Maeve, die die Treppe hinunter und nach draußen hüpfte.

Auch wenn Pammy weder auf Anrufe noch auf Nachrichten reagiert hatte, um zu verkünden, ob sie zu dem Grillfest kommen würde, hatte sie geantwortet, als Stefan ihr eine Nachricht schickte, in der einfach nur stand: *Jemand sollte auf die Kinder aufpassen, während wir weg sind.* Der sechzehn Jahre alte Tyson und die neunjährige Daphne waren zu jung für den Besuch.

Tyson war davon nicht begeistert und blickte sie von der Treppe aus finster an. »Das ist nicht fair. Ich sollte auch mitgehen dürfen. Ihr behandelt mich wie ein Baby.«

»Du willst, dass ich dich wie einen Mann behandle?« Dominick packte das Kind im Genick und zog es zu sich. »Du bist in dem Moment der Mann des Hauses, in dem wir gehen. Wenn deinen Schwestern etwas zustößt, während wir weg sind, werden wir dir die Schuld geben.«

Große Augen blinzelten ihn an.

Dominicks Lächeln zeigte zu viele Zähne, um freundlich zu sein. »Ist das klar?«

Tyson nickte und schluckte schwer.

»Bravo«, murmelte Stefan klatschend. »Und für den Fall, dass es nicht klar war: das, was er gesagt hat.«

Dann brüllten sie Daphne eine Verabschiedung zu, die bereits den Sender mit den Horrorfilmen durchsah, woraufhin Tyson erneut schluckte. »Dafür ist sie zu jung, oder?«

»Ich bin mir sicher, du wirst sie beruhigen, wenn sie Angst bekommt.« Stefan schlug seinem Bruder auf den Rücken, bevor er ging.

Obwohl Stefan mit seinem Motorrad zum Farmhaus gefahren war, hatte seine Mutter ihm bereits mitgeteilt, dass er sich der Familie in einem der zwei Fahrzeuge anschließen würde. Bei seinem Glück endete er auf dem Beifahrersitz des Minivans – ein hellblauer Wagen mit einer Strichmännchenfamilie auf der Heckscheibe, die vor einem Dinosaurier weglief. Raymond, Anika und Dominick saßen in den hinteren beiden Reihen. Maeve, die für später noch Pläne hatte, bestand darauf, mit ihrem Jeep zu fahren, und schoss los wie ein geölter Blitz.

Nicht jedoch der Minivan. Mom fuhr. Die Geschwindigkeitsbegrenzung. Das gab ihnen zu viel Zeit zum Reden.

»Irgendeine Ahnung, wie viele Leute auf dieser Feier sein werden?«, fragte Dominick.

»Genug, dass wir in Schwierigkeiten kommen werden, wenn jemand aus der Reihe tanzt.« Moms Warnung ging mit einem Blick in den Rückspiegel einher, wobei sie dafür sorgte, dass alle das Feuer darin spüren konnten.

»Ich würde auf Mom hören und mir zweimal überlegen, ob ihr Schwierigkeiten macht.« Raymond hatte in der dritten Sitzreihe Platz genommen und balancierte einen Laptop auf seinen Knien – nicht von der Art, wie man sie in einem Geschäft kaufte. Er hatte ihn zu seinem Nutzen umfunktioniert.

»Muttersöhnchen«, hustete Stefan.

»Nein, ich bin der Clevere hier. Ich habe online nach diesem Valley-Rudel gesucht.«

»Wonach hast du gesucht? Ich bezweifle stark, dass die örtlichen Werwölfe ihre Anwesenheit bewerben«, gab Stefan mit einem Anflug von Sarkasmus zurück.

»Nein, aber die Suche nach der Adresse, zu der wir fahren, hat einige interessante Dinge zutage gefördert. Zum Beispiel die Tatsache, dass das Haus von Gwayne Pendraggun einer Firma namens LVR gehört. Tatsächlich hat LVR in den letzten Jahren mithilfe von Briefkastenfirmen viele Häuser in dieser Gegend gekauft, auch wenn ich zugeben muss, dass ich tief graben musste, um das herauszufinden.«

»Was bedeutet, dass sie koordiniert sind und Geld haben«, merkte Anika an.

»Von wie vielen Häusern sprechen wir?«, fragte Dominick.

Raymond hatte bereits eine Antwort parat. »Mehr als fünfzig.«

Dominick pfiff leise. »Das sind viele Wölfe.«

»Wenn sie sich denn alle verwandeln können«, erwiderte Stefan. Nimway hatte sich verhalten, als wäre das selbstverständlich. Er hingegen hatte noch immer seine Zweifel.

»Selbst wenn sie das nicht können, könnten sie dieses Gen möglicherweise an ihre Kinder weitergeben.« Das war Moms Beitrag, als sie, lange bevor die Ampel auf Gelb sprang, stehen blieb – sehr zum Ärger des dahinter fahrenden Wagens.

»Warum denkst du das?« Stefan konnte ihrer Logik nicht folgen.

Es war Raymond, der antwortete: »Weil die Häuser, die sie gekauft haben, Einfamilienhäuser sind. Wir reden hier von vier bis fünf Zimmern, Gärten und breiten Auffahrten mit Garagen.«

»Schön für sie. Sie wollten Welpen in der Vorstadt bekommen.« Er hätte nicht erklären können, warum er so bissig war. »Das bedeutet uns trotzdem einen Scheißdreck, da sie in Barrhaven sind und mehr als genug Platz haben, um sich auszubreiten.« Moms Haus lag in Richmond, südwestlich des Ortes, an dem sich die Wölfe niedergelassen hatten.

»Ich glaube nicht, dass es um Ausbreitung geht, sondern um Schutz«, warf ihre Mutter ein. »In der Wildnis neigen Raubtiere dazu, ihr Revier abzustecken und dann die Grenzen aufrechtzuerhalten. Sie wollen einen sicheren Platz für die Weibchen und die Jungen haben.«

»Wir sind keine Tiere«, blaffte Stefan.

»Nein, aber ihr seid auch nicht nur menschlich, mein lieber Sohn. Einige eurer Beweggründe werden möglicherweise von dieser Besonderheit in euch angetrieben.«

»Vielleicht erklärt das meinen Drang, meine Wohnung mit Urin zu markieren.« Sarkasmus war sein Bewältigungsmechanismus, aber seine Familie wusste das nicht immer zu schätzen.

»Wenn du nichts Konstruktives sagen kannst, halt verdammt noch mal die Klappe«, brummte Dominick.

»Ja, Daddy.« Stefan konnte sich nicht zurückhalten.

»Ich weiß, dass du Streit anfängst in der Hoffnung, dass ich dich am Straßenrand absetze und dir diese Feier erspare. Ich werde anhalten, wenn du das willst. Du musst es nur sagen«, warf Mom ein.

»Du weißt, dass ich nicht hingehen will.« Obwohl er nicht erklären konnte warum. »Aber ich muss. Ich kann euch das nicht allein machen lassen.« Er würde niemals Antworten bekommen, besonders nicht auf die Frage, die ihm am meisten unter den Nägeln brannte. Wie konnte er den in ihm verborgenen Tiger für immer verschwinden lassen?

»Versuch einfach, kein Arschloch zu sein«, grummelte Dominick. »Was mich daran erinnert ... auf der Party werden keine Ehefrauen verführt, Stefan.«

»Warum sagst du das nur mir? Was ist mit Ray? Oder Mom? Hast du gesehen, was sie trägt?« Ihm waren der selten getragene Lidschatten und der Schmuck aufgefallen.

»Lenk nicht ab. Wir wissen beide, dass die beiden diesbezüglich keine Vorgeschichte haben«, erinnerte Dominick ihn.

»Das war nur ein einziges Mal.« Und es wurde hässlich, da die verheiratete Frau ihren Mann in der Erwartung verließ, dass sie mit Stefan zusammenkommen würde.

Sie hatte falsch gedacht.

Bevor Stefan antworten konnte, funkelte Mom ihn an. »Du hast jemandem Hörner aufgesetzt?«

»Sie hat mich verführt«, rief Stefan aus.

»Du hättest Nein sagen können«, zischte Mom. »Ich habe dich nicht zu einem Ehezerstörer erzogen. Wie würdest du dich fühlen, wenn dir das widerfahren würde?«

»Das wird nicht passieren, da ich nicht heiraten werde. Niemals.« In dieser Hinsicht blieb Stefan eisern.

Dominick lachte. »Sag niemals nie. Sieh dir an, was mir passiert ist.«

»Dein Stalking hat sich ausgezahlt«, murmelte Anika, was noch mehr Gelächter verursachte.

»Ich weiß nicht, warum ihr beide der Vorstellung so abgeneigt gegenübersteht. Ich würde heiraten.« Raymond tippte weiter, als er sich der Unterhaltung anschloss.

»Dafür müsstest du den Keller verlassen«, zog Stefan ihn auf.

»Lass ihn in Ruhe. Raymond wird das richtige Mädchen kennenlernen, wenn der passende Zeitpunkt gekommen ist«, verkündete ihre Mutter.

»Warum darf er warten und ich nicht?«, knurrte Stefan.

»Weil du näher an der Vierzig bist. Jeder weiß, dass ein Mann, der vor seinem vierzigsten Geburtstag nicht heiratet, dazu verdammt ist, allein zu sein und früher zu sterben als seine verheirateten Freunde.« Mom und ihre verdammten Verkündigungen.

»Schwachsinn.« Und doch fragte er sich, ob es wahr war. Mist. Er würde später Raymond darum bitten müssen, es zu recherchieren, wenn Mom ihn nicht hören konnte. »Es ist nichts falsch daran, Single zu sein. Ich würde meinen Kleiderschrank nur sehr ungern teilen.«

»Ich habe deinen Kleiderschrank gesehen. Da drin ist kein Platz für jemand anderen. Tiger, dass ich nicht lache. Ich glaube, du könntest eher ein Pfau sein.« Dominick flatterte mit seinen Armen, als hätte er Flügel, und gab einen Schrei von sich, der Stefan beinahe dazu veranlasste, sich zwischen den Sitzen hindurch auf ihn zu stürzen.

»Du bist nur neidisch, weil ich Stil habe.«

»Ein Mann braucht nicht mehr als zwei Paar Schuhe. Sein Paar für jeden Tag und sein gutes Paar«, prustete Dominick.

»Slipper sind das wichtigste Schuhwerk«, kam Raymonds Beitrag von der Rückbank. Sein Bruder hatte ein Faible für Mokassins, was Stefan verrückt machte.

»Du darfst nicht über Stil sprechen. Ich habe den Zustand deiner T-Shirts gesehen.« Stefan erschauderte.

»Auch bekannt als Vintage«, gab Raymond zurück.

»Das ist ein Argument. Alt ist modern«, stimmte Dominick ihm zu.

Mom entschied sich für Stefans Seite. »Ein Lumpen ist ein Lumpen.«

»Danke!«, rief Stefan.

All das Geplänkel bedeutete, dass sie fast angekommen waren. An einer roten Ampel lehnte Mom sich über die Mittelkonsole und tätschelte ihm die Wange. »Denk daran, die Damen hübsch anzulächeln.«

»Ja, Stef, lächeln. Und mit den Wimpern klimpern«, stichelte Dominick.

Stefan bleckte die Zähne. »Wie sieht das aus?«

»Hör auf, deinen Bruder zu ärgern. Es ist noch nicht allzu lange her, dass du ein Idiot warst. Es ist ein Wunder, dass Anika es mit dir aushält.«

»Es ist nicht einfach.« Anikas trockene Antwort.

»Bist du sicher, dass du gesund bist? Bei vollem Verstand? Oder bezahlt er dich, damit du so tust, als würdest du ihn mögen? Denn ich verstehe es nicht.« Stefan lebte dafür, Dominick auf die Nerven zu gehen.

»Lass die beiden in Ruhe. Wenigstens hat er es geschafft, eine Freundin zu finden, während du weiter dein Leben verschwendest und wildfremde Frauen beglückst.«

Stefan verschluckte sich beinahe. »Mom!«

»Denk nicht, dass ich nicht von deinen Eskapaden gehört habe«, schalt seine Mutter.

»Das war alles einvernehmlich.«

»Wie wäre es, wenn du versuchst, eine deiner Eroberungen zu behalten, damit du dich nicht alle zwei Wochen testen lassen musst?«

Eigentlich war es monatlich und er benutzte Kondome. »Warum schikanierst du mich? Ich höre nicht, wie du etwas zu Raymond sagst, obwohl das hier das zweite Mal ist, dass er in den letzten zwei Wochen das Haus verlassen hat.«

»Raymond ist schüchtern.«

»Raymond ist ein Weichei, das sich den ganzen Tag hinter einem Computerbildschirm versteckt.«

»Und dabei großes Geld verdient«, gab Raymond zurück, wobei er kaum den Kopf hob. Der Mann spielte immer mit irgendetwas Elektronischem herum. Das tat er bereits, seit sie Kinder gewesen waren und Mom ihm seinen ersten Computer geschenkt hatte. Er war in der Schule gemobbt worden, weshalb ihre Mutter sich dazu entschied, ihn zu Hause zu unterrichten.

»Ich arbeite an ein paar Ideen für Raymond. Aber du …« Sie schnaubte. »Du brauchst eine feste Hand.«

Seltsam, wie er plötzlich an Nimway dachte, eine Frau, die sich nicht einfach so einschüchtern ließ. Seit ihrem Treffen hatte er nicht aufgehört, an sie zu denken. Er hatte darüber nachgedacht, was er sagen würde, wenn er wieder auf sie traf. Denn er hatte keinerlei Zweifel, dass er das tun würde. Er freute sich sogar darauf. Er sehnte sich mit einer Aufregung danach, die einst für den Weihnachtsmorgen reserviert gewesen war.

Was zum Teufel war los mit ihm?

KAPITEL FÜNF

Die plötzliche Panik war sehr real. Stefan öffnete den Mund, um seiner Mutter zu sagen, sie solle ihn rauslassen.

Zu spät.

»Wir sind fast da.« Mom bog von der Eagleson in eine Gegend mit Häusern ein, die zu nahe beieinanderstanden. Es machte ihn klaustrophobisch. Die Schuld dafür gab er der Tatsache, dass er als Kind ein Zimmer mit zwei Brüdern hatte teilen müssen.

Als sie durch die Wohnstraße mit ihren »*Achtung, Kinder*« Schildern fuhren, fiel ihm nichts Merkwürdiges auf, bis sie auf die Straße bogen, nach der sie suchten. Zum einen gab es einige Paare, die Kinderwagen vor sich her schoben oder Hand in Hand gingen, scheinbar perfekt, bis sie wie Besessene die

Köpfe drehten, um sie anzustarren, während sie vorbeifuhren.

»Was ist los mit den Leuten?«, fragte Dominick, was Stefan wissen ließ, dass es nicht nur seine Einbildung war.

»Was hast du noch mal gesagt, wie viele Mitglieder dieses Rudel hat?« Denn Stefan hatte bereits achtzehn gezählt, von denen er wetten würde, dass sie Teil der Gruppe waren.

»Na ja, rechne doch einfach. Fünfzig Häuser, vermutlich ein oder zwei Erwachsene pro Haushalt … mindestens hundert, vielleicht mehr«, antwortete Raymond.

»Alles Werwölfe?«, fragte Anika, die mit gerunzelter Stirn aus dem Fenster sah.

»Sofern sie keine Inzucht betreiben, muss man davon ausgehen, dass einige von ihnen mit Menschen verheiratet sind. Ich werde die Namen recherchieren müssen, um es herauszufinden.« Raymond tippte weiter auf seinem Laptop.

Stefan konnte seine Zunge nicht im Zaum halten. »Warum hast du diese Informationen noch nicht? Du hattest Zeit seit Thanksgiving.« Das war knapp eine Woche her, was für Raymond normalerweise ausreichte, um alles ans Tageslicht zu befördern.

»Ich war beschäftigt.«

»Womit? Was könnte wichtiger sein als eine Bedrohung für diese Familie?«, fragte Stefan.

»Vielleicht bist du nicht neugierig, aber ich will wissen, wer hinter dem Labor gesteckt hat. Wer hat uns geschaffen? Warum?« Es erstaunte Stefan zu erfahren, wonach sein Bruder gesucht hatte. Informationen über ihre Vergangenheit. Ihre Herkunft. Denn es stellte sich heraus, dass sie keine einfachen Waisen waren. Sie waren in einem Labor kreiert worden. Experimente. Versager. Fehlerhafte Exemplare, die für den Tod vorbestimmt waren.

Damit umzugehen könnte Zeit brauchen und einige Treffen mit den Anonymen Alkoholikern erfordern, denn er konnte spüren, wie er sich nach etwas sehnte, um seine plötzliche Angst zu unterdrücken.

Es war Dominick, der zu fragen wagte: »Hast du irgendetwas gefunden?«

»Noch nicht«, antwortete Raymond.

Währenddessen blieb Mom stumm. Scheinbar war sie gut darin. Sie hatte das Geheimnis ihr ganzes Leben lang bewahrt.

Das machte ihn mürrisch. »Frag Mom. Ich bin mir sicher, sie weiß es.«

»Lass sie in Ruhe«, knurrte Dominick.

»Es tut mir leid.« Etwas, das sie seit der Offenbarung Hunderte Male gesagt hatte. »Ich wollte euch nur beschützen.«

Selbst mit der Entschuldigung ließ sich der Ärger nur schwer unterdrücken. Wie konnte sie ihnen das antun? Er konnte verstehen, dass sie es ihnen als Kinder nicht hatte aufbürden wollen, aber um Himmels willen, er und ein paar seiner Geschwister waren über dreißig. So alt, wie sie es gewesen war, als sie sich entschieden hatte, einzuschreiten und ihre Leben zu retten.

Stefan hatte einen schroffen Vorschlag. »Du solltest unsere Vergangenheit hintanstellen. Sie hat so lange gewartet. Sie kann noch ein wenig länger warten. Wir müssen mehr über dieses Wolfsrudel erfahren.« Denn es war eine Sache, gleichgültig zu sein, wenn eine Handvoll irgendwelcher Typen eine Bedrohung darstellte, aber angesichts des Ansturms von Leuten schien dieses Rudel sehr zahlreich zu sein.

Das Gefahrenlevel verdoppelte sich.

»Na, entschuldige, dass ich ihnen nicht dieselbe Priorität beigemessen habe wie du«, fauchte Raymond.

»Kannst du nicht die Gefahr sehen, die sie darstellen? Hast du vergessen, was sie Dom und Anika angetan haben?«

»Sie haben mir ja nicht wehgetan«, erinnerte Anika ihn.

»Oder mir«, fügte Dominick hinzu.

»Sie haben es nicht auf uns abgesehen.« Das war Raymond, der seinen Senf dazugab.

»Du musst aufhören, so paranoid zu sein«, sagte Mom. »Sie wollen uns nur kennenlernen.«

»Oder uns alle an einen Ort locken, um uns außer Gefecht zu setzen«, murmelte Stefan, da er nicht anders konnte.

»Sieht das aus wie eine Gegend, in der Leute umgebracht werden?« Seine Mutter deutete mit einer Hand auf die perfekten Rasen, die Fenster mit Vorhängen und die lächelnden Gruppen, die alle in Richtung des Parks strömten.

In der Einfahrt des Hauses, das sie besuchten, war ein Platz frei. Mom parkte dort, aber eine Sekunde lang bewegte sich niemand.

»Da sind wesentlich mehr Leute als erwartet«, murmelte Mom leise.

»Es ist nicht zu spät zu gehen«, schlug Stefan vor.

»Da hat er vielleicht nicht ganz unrecht.« Dominick schlug sich auf seine Seite.

»Denkt ihr, sie würden Kinder zu einer Ermordung mitbringen? Ich habe ein paar Babytragen gesehen. Was Babys bedeutet. Denkt ihr wirklich, dass sie irgendetwas tun würden, das sie in Gefahr bringt?«, fragte Anika.

Da kam Stefan in den Sinn, dass manche Leute keine Rücksicht auf das Leben nahmen. Er hatte über die Tode in den Nachrichten gelesen, wenn sie davon berichteten. Die Gesellschaft war der Gewalt gegenüber abgestumpft, da sich die Medien stattdessen mit der Politik beschäftigten.

Aber Anika hatte auch ein Argument. Die Leute strömten über die Bürgersteige und folgten dem Weg, der zum Park führte. Sie lächelten und schoben Kinderwagen mit sich. Keine Waffen und keine Bedrohungen.

»Wenn du damit falschliegst, werde ich dich heimsuchen«, murmelte Stefan, als er aus dem entmannenden Fahrzeug ausstieg. Sofort war er angespannt. Etwas in der Luft reizte ihn und sorgte dafür, dass sich die Haare in seinem Nacken aufstellten.

»Vielleicht sollten wir Anika und Mom nach Hause schicken«, sagte er zu seinem Bruder Dominick, der nach ihm ausgestiegen war. Er war sich der starrenden Blicke, die ihnen zugeworfen wurden, allzu bewusst und nicht gerade begeistert davon.

Anika prustete. »Hör auf, so dramatisch zu sein. Sie werden uns nicht auf dem Bürgersteig ermorden.«

In der Theorie wusste er das, und dennoch zog sich ihm der Magen zusammen. Er wollte in den Fluchtmodus verfallen. Gefahr. Gefahr überall.

Mom legte eine Hand auf seine Schulter und flüsterte: »Es ist in Ordnung. Du kannst gehen, wenn es nötig ist.«

Wie konnte sie es wagen, ihm Mitgefühl zu zeigen?

Er schüttelte ihre Hand ab. »Ich schaffe das. Es geht mir gut.«

»Das ist auch besser so, Weichei«, spottete Dominick.

»Fick dich«, murmelte Stefan.

»Jungs, benehmt euch«, mahnte ihre Mutter. »Und setzt euch in Bewegung. Eure Schwester geht bereits hinein.«

»Was?« Ein Blick zeigte Maeve, die im Haus verschwand. »Ray, mit mir kommen.« Mit schnellen Schritten gingen er und Raymond den Weg entlang, während Dominick bei Mom und seiner Frau blieb.

An der Tür wurden sie von einem riesigen Kerl in einem T-Shirt aufgehalten, das eine Szene aus einem Monty-Python-Film mit dem Schwarzen Ritter zeigte. Wenigstens hatte der Typ einen guten Geschmack.

Außerdem hatte er einen beeindruckend finsteren Blick. »Ich kenne euch nicht.«

Stefan funkelte geradewegs zurück. »Es ist egal, ob du das tust oder nicht, denn wir wurden eingeladen.«

Zu seiner Überraschung machte sich ein Lächeln auf dem Gesicht des Typen breit. »Eurem Duft nach zu urteilen müsst ihr diese Kätzchen sein, von denen ich gehört habe. Spielt irgendeiner von euch Hockey?«

Die Frage überraschte ihn, aber Dominick, der mit den Damen gekommen war, übernahm für ihn. »Ich habe auf dem Stützpunkt mal gespielt. Aber es ist ein paar Jahre her, seit ich Schlittschuhe getragen habe.«

»Verteidigung oder Angriff?«

»Torwart.«

»Wirklich?« Das Gesicht des Kerls begann zu strahlen. »Wir haben unseren verloren. Ein Job im Westen.« Mit diesem Eisbrecher begannen Dominick, Anika und der Kerl, dessen Name Percy war, sich zu unterhalten.

Mom legte ihre Hand auf seinen Arm. »Sie scheinen ein netter Haufen zu sein.«

Das schienen sie zu sein. Aber Stefan ließ sich von ihrem äußeren Auftreten nicht täuschen. Es kribbelte ihn am ganzen Körper. »Bleibt wachsam.«

Sie betraten ein mittelständisches Zuhause mit einem breiten Eingangsbereich vor einer Treppe und dem klassischen Grundriss. Das Wohnzimmer auf der einen Seite, das Esszimmer auf der anderen und eine große Küche mit Familienzimmer im hinteren Bereich.

Sie hielten sich in der Vorhalle auf, bis ein langgliedriger Typ mit glatt rasiertem Gesicht und dunklem Haar erschien. »Wenn das nicht der Hubbard-Clan ist. Sie müssen die Matriarchin sein, Nanette Hubbard. Ich habe gerade Ihre Tochter kennengelernt. Gwayne Pendraggun.« Er streckte ihr eine riesige Hand entgegen.

Mom ließ ihre in der von Gwayne verschwinden. »Also sind Sie der Alpha, von dem ich gehört habe. Das sind meine Söhne Stefan und Raymond.«

Der Alpha ließ den Blick über sie wandern und schätzte sie schnell ein, ohne dass er jemals sein Lächeln verlor. »Es scheint ein Teil eures Clans zu fehlen.«

»Dominick unterhält sich mit irgendeinem Kerl namens Percy über Hockey«, warf Stefan ein.

»Damit fehlen weiterhin noch einige.« Der Mann sprach leise, noch immer mit einem Lächeln, aber sie alle hörten die Härte darin.

»Die zwei Jüngsten sind zu Hause und werden von meiner Tochter Pamela beaufsichtigt. Jessie ist nicht in der Stadt und Daeve ist dort, wohin auch immer das Militär ihn geschickt hat«, antwortete Mom höflich, aber die Frage ließ Stefan brodeln. Wofür hielt sich der Kerl, dass er so etwas überhaupt fragte?

»Ich verstehe. Bringen Sie nächstes Mal all Ihre Kinder mit, die aktuell bei Ihnen wohnen. Wir sind ein familienorientiertes Rudel, wie Sie sehen können.«

Es war der schüchterne Raymond, der mit einer Frage herausplatzte. »Seid ihr alle Wölfe?«

Gwaynes Augenbrauen schossen in die Höhe. »Das war direkt.«

»Aber er kommt direkt zur Sache. Seid ihr es oder nicht?«, mischte Stefan sich ein.

Der kühle Blick ruhte flüchtig auf ihm. »Ihr seid hier, damit mein Rudel euch kennenlernt und ihr uns bei unserer anstehenden Entscheidung behilflich seid, was wir bezüglich eurer Anwesenheit in unserem Revier unternehmen sollen.«

»Wie wäre es, wenn ihr euer Ding macht und wir das unsere?«

»So funktioniert das nicht. Und das weißt du, weshalb ihr hier seid.«

»Ich dachte, wir wären hier, um euer Ego zu streicheln.« Stefan konnte nicht anders.

Mom zischte: »Sei nicht unverschämt.«

Gwayne hob eine Hand. »Lassen Sie ihn sprechen. Ich würde es lieber jetzt hören und mich darum kümmern.«

Der Kerl wollte es hören? Stefan hatte kein Problem damit, sich zu entladen. »Ich verstehe nicht, warum wir ihm für das Recht, hierzubleiben, den Arsch küssen müssen. Wir leben hier seit mehr als zwanzig Jahren ohne Probleme. Jetzt plötzlich sagt er uns, wir müssen einen Kratzfuß machen, weil er es so will?«

Der andere Mann zog eine Augenbraue hoch. »Mit dieser Einstellung wird es schwierig sein, mein Rudel davon zu überzeugen, dass ihr keine Bedrohung seid.«

»Inwiefern ist unsere kleine Familie eine Bedrohung?«

Es war nicht Gwayne, der antwortete, sondern Nimway, die plötzlich in Erscheinung trat. »Nicht ihr seid das Problem, sondern die Leute, die sich für die Geschichte eurer Familie interessieren.«

KAPITEL SECHS

Nimway wollte Stefan eigentlich fernbleiben. Ihr eines Treffen hatte sie genervt. Es hatte sie erhitzt. Unruhig gemacht.

Was für ein unsympathischer Mann. Zumindest oberflächlich gesehen. Beim letzten Mal hatte sie kurze Einblicke auf die Person darunter erhascht, auf jemanden, der nach Antworten suchte, der allein damit kämpfte, mit der Tatsache fertigzuwerden, dass er nicht so war wie alle anderen.

Ein Mann, der um Hilfe gebeten hatte – die sie ihm verwehrt hatte.

Und zu dieser Entscheidung stehe ich. Sie konnte es ihm nicht beibringen. Tatsächlich sollte sie einen großen Bogen um ihn machen, um die seltsame Anziehungskraft zu meiden, die Stefan an sich hatte.

Sie konnte nicht genau ausmachen, was ihn so unwiderstehlich machte.

Das rote Haar? Definitiv sexy.

Der Bart? Sie wollte ihn streicheln.

Dieser Körper ... Nun, sie konnte ein wenig Spaß mit seinen harten Muskeln haben.

Aber das würde sie nicht tun, denn ein gutes Rudelmitglied schlief nicht mit dem Feind. Ein Beta kam einem Kerl nicht zu nahe, der eine Gefahr für das Rudel sein konnte. Die Familie.

Stefan schien dazu entschlossen zu sein, die Tatsache zu ignorieren, dass sie alles tun würden, um ihre Geheimnisse zu wahren. Töten? Das geschah öfter, als sich die Leute bewusst waren. Nimway war diejenige, die die Unfälle koordinierte.

Der Tod war Teil desLebens. Kalt, und doch nötig. Die Dinge, die sie tat, um ihre Familie zu schützen, durften nicht mit Emotionen verbunden sein. Was der Grund war, warum sie es sich nicht erlauben konnte, Stefan zu mögen. Er würde vielleicht sterben müssen.

Seine ganze Familie.

Sie kalkulierte bereits die Arten, wie sie sich verhalten könnte. Sie stellte sich Eis vor, das durch ihre Adern floss. Zumindest redete sie sich das ein, als sie in dem Moment zu Stefan hingezogen wurde, als dieser das Haus ihres Bruders betrat. Es war auch ihr Zuhause, und zwar seit der Tragödie, die ihren Bruder ereilt hatte. Gwayne hatte sich noch nicht von dem gleichzeitigen Verlust seiner Frau und seines Kindes erholt. Obwohl er sich dazu entschieden hatte, in dem kalten, dunklen Raum im Keller zu schlafen, hörte sie ihn schreien, wenn ihn die Albträume überkamen.

Würde Stefan schweißnass aufwachen, wenn er jemanden aus seiner Familie verlor? Aus irgendeinem Grund störte sie der Gedanke daran, ihn zu verletzen. Vielleicht gab es eine bessere Lösung.

Währenddessen funkelte Stefan sie an. Ihm gefiel die Tatsache nicht, dass sie etwas wusste und er nicht.

»Was meinst du damit, dass sich jemand für die Geschichte meiner Familie interessiert?«

»Hast du Schwierigkeiten damit, Wörter zu verstehen?«, spottete sie. »Jemand hat Interesse an den Hubbards. Und übrigens, eure Farm wird beobachtet.«

Sein Mund arbeitete und bevor er antworten konnte, sprang sein Bruder ein. »Woher wollt ihr wissen, ob jemand uns beobachtet? Oder sich für uns interessiert?«

Gwayne prustete. »Seid ihr so ahnungslos? In

dem Moment, in dem wir den Bericht von einer Großkatze gehört haben, die jemanden in der Stadt angegriffen hat, haben wir gesucht und euch mühelos gefunden. Die Ex-Frau des Opfers ist mit deinem Bruder Dominick zusammen.«

»Wie genau habt ihr euch mit unserer Familie beschäftigt?«, fragte Stefan.

»Noch nicht genau genug. Und umso beunruhigender ist, dass es keiner von euch bemerkt hat.« Dieser gegrummelte Vorwurf kam von Gwayne. »Habt ihr keinerlei Schutz für eure Familie eingerichtet?«

Raymond verlagerte sein Gewicht von einem Fuß auf den anderen und verzog das Gesicht. »Bis vor Kurzem hatte ich keine Ahnung, dass wir etwas zu verbergen haben.«

»Meine Güte.« Sie fuhr sich mit den Fingern durchs Haar. »Ich kann nicht glauben, dass ihr die vorbeifahrenden Fahrzeuge vor eurem Haus nicht bemerkt habt, ganz zu schweigen von den Leuten, die wir als Beobachtungsposten abgestellt haben.«

»Wovon sprichst du?« Raymond runzelte die Stirn. »Ich habe eine Kamera am Eingang zur Auffahrt. Ich habe nie etwas gesehen.«

Seine Empörung brachte sie zum Lachen. »Oh Kleiner, sie sind keine Amateure. Sie werden vermutlich Störgeräte benutzt haben. Sieh dir die Aufnahmen erneut an und du wirst ein Ruckeln darin feststellen.«

»Ich habe es gesehen und es für eine Störung gehalten. Ich habe eine neue Kamera bestellt, aber es dauert ein paar Tage, bis sie kommt.« Raymonds Kinn sank noch tiefer.

»Das würde keinen Unterschied machen.«

»Verdammt.« Stefan zog an seinem Bart.

Sie wollte an seinem Bart ziehen. Sie hielt sich jedoch an das aktuelle Problem. »Ihr werdet beobachtet, und nicht nur von uns. Unsere Leute haben ein Auge auf euch. Auf eure Onlineaufzeichnungen wurde innerhalb der letzten achtundvierzig Stunden zugegriffen. Ihr solltet vielleicht nach Drohnen Ausschau halten und niemanden reinlassen, für den Fall, dass sie planen, Wanzen zu setzen.«

Stefans ganze Familie starrte sie an, einschließlich der alten Dame. Es verblüffte sie, dass das Rudel erst jetzt auf sie gestoßen war. Sie waren völlig ahnungslos, wie sie sich selbst schützen sollten. Eine andere Person hätte vielleicht Mitgefühl empfunden; sie allerdings befand sich in keiner Position, in der sie es sich leisten konnte, sanftmütig zu sein.

»Euer Gelände ist groß und dieser riesige offene Bereich um das Haus herum macht es ihnen vermutlich schwerer, einen Blick zu erhaschen, ohne dass ihr es bemerkt. Aber ihr werdet ein paar Vorsichtsmaßnahmen treffen müssen, um jegliches Eindringen zu verhindern. Wir haben einen Plan für die Beobachter, ihre Aufmerksamkeit an andere Orte zu lenken, aber eure Familie muss etwas bezüglich eurer Onlinepräsenz unternehmen. Euer Bruder Tyson hat ein besonderes Faible für Videos.«

»Ich habe die Schlimmsten in dem Moment entfernt, in dem sie hochgeladen wurden«, murmelte Raymond.

»Aber in manchen Fällen nicht, bevor sie gesehen wurden«, merkte Nimway an.

»Nachlässig«, knurrte Gwayne. »Regel Nummer eins lautet, keine Aufmerksamkeit zu erregen. Das gefährdet uns alle.«

Stefan grinste. »Umso mehr Gründe für uns, getrennte Wege zu gehen.«

»Nicht so hastig.« Ihr Bruder lächelte, wie ein Raubtier, das kurz davor war, sich auf seine Beute zu stürzen.

Aber Stefan war kein Feigling. Er blieb aufrecht vor Gwayne stehen.

Was der Moment war, in dem sich die alte Dame schließlich zwischen die beiden schob. »Fahrt euer Testosteron herunter, Jungs. Es sind Damen anwesend.«

Nimway sah sich um. Seit wann?

Stefan lachte. »Dann hast du Nimway offensichtlich noch nicht kennengelernt.«

Aus irgendeinem Grund entlockte ihr seine eigentliche Beleidigung ein Lächeln. »Ich fühle mich geschmeichelt zu wissen, dass du seit unserem Treffen an mich denkst, Baby.« Nimway zwinkerte.

Anstatt seine Wut hochkochen zu lassen, flirtete er ebenfalls. »Ich habe auf diesen Moment gewartet, Schätzchen«, schnurrte er leise und sexy. Es ließ ihr Hitze in die Wangen steigen, besonders da ihr Bruder sie neugierig musterte.

»Na, hallöchen, Nimway. Ich bin Nanette Hubbard. Die Mutter dieser Schwachköpfe.« Die älteste Hubbard streckte die Hand aus. Ihr Griff stellte sich als fest und stark heraus.

Nimway legte den Kopf schief. »Nimway Pendraggun. Beta des Rudels.«

»Die Stellvertreterin?« Die Miene der älteren Hubbard erhellte sich.

»Die Vetternwirtschaft floriert noch immer«, spottete Stefan, wobei er Gwayne beäugte.

»Eigentlich«, fauchte Nimway, »werden die Positionen im Rudel nach Kompetenz vergeben, nicht nach dem, was zwischen den Beinen baumelt.«

»Ist es das, was du dir einredest, um dich besser zu fühlen?«

Er verdiente den Schlag in seine Magengrube, der ihn einknicken ließ. Und es befriedigte sie, dass seine Mutter ihn am Ohr packte und zischte: »Das war inakzeptabel. Entschuldige dich sofort.«

Ihr Bruder lehnte sich zu ihr und flüsterte: »Ich mag die alte Dame.«

Sie ebenfalls. Vielleicht konnte sie einen Weg finden, um ihr Leben zu verschonen.

Stefan liebte seine Mutter offensichtlich auch, da er mürrisch murmelte: »Tut mir leid. Es war beschissen, das zu sagen.«

Seine Mutter stupste ihn an. »Jetzt sag es aufrichtig.«

Er verzog die Lippen, sein Tonfall war gequält. »Es war gemein, das zu sagen, aber auf der anderen Seite würde ich es wieder tun. Weil du nervig bist.«

»Das nennt sich durchsetzungsfähig. Du solltest irgendwann mal versuchen, aus deiner Höhle herauszukommen und die moderne Welt zu sehen«, gab sie zurück.

»Mach meine warme und gemütliche Höhle nicht schlecht, bis du sie ausprobiert hast.« Ein fast schon geschnurrter Vorschlag, der sie vermutlich aus der Bahn werfen sollte.

Als wäre sie ein Amateur. »Ich werde den Champagner mitbringen.«

»Äh, Leute, Mom steht genau hier«, flüsterte Raymond laut.

»Lass die Kinder flirten.«

Die ältere Hubbard lächelte – es war das zufriedene Grinsen einer Kupplerin. Nimway hatte es schon einmal zuvor gesehen.

Stefan scheinbar auch. »Wir flirten nicht.«

»Niemals.« Nimway würde die Distanz wahren.

Ein Schrei erregte ihre Aufmerksamkeit. »*Mistkerl, ich habe gesehen, wie du ihren Hintern berührt hast.*«

»*Ich habe auf deinen gezielt*«, spottete die antwortende Person.

Knall.

Gwayne runzelte die Stirn. »Ich schlage besser ein paar Köpfe zusammen. Nim, kümmere dich um unsere Gäste.«

»Weil ich eine verdammte Gastgeberin bin«, grummelte sie, als ihr Bruder verschwand. Wenigstens war sie nicht mit Stefan allein.

»Also, sag mir, Nimway, bist du Single?«, fragte die ältere Hubbard.

»Wie bitte?« Sie blinzelte die Frau an.

»Ein kluges Mädchen wie du. Ich meine, um deine Stellung zu erreichen, musstest du vermutlich doppelt so hart arbeiten wie ein Mann. Außerdem würde ich wetten, dass du beweisen musstest, dass du die Beste bist und nicht nur die Schwester des Chefs.« Die ältere Hubbard strahlte.

»Ich schätze schon«, murmelte sie. Was die alte Dame sagte, entsprach der Wahrheit. Sie hatte sich den Arsch abarbeiten müssen, um dem Rudel zu zeigen, dass sie es mehr verdiente als alle anderen.

»Was für ein wunderbares Vorbild du bist. Ich fände es schön, wenn du meine Töchter kennenlernen würdest.«

»Äh, was?« Stefan wirkte so überrascht, wie sie sich fühlte.

»Es ist wichtig für junge Frauen, andere Frauen kennenzulernen, die durch Hingabe und eine gute Arbeitsmoral zum Erfolg gekommen sind. Du wirst jemanden sehr glücklich machen, nicht wahr, Jungs?«, sagte Nanette Hubbard, wobei sie den Blick zwischen ihren beiden Söhnen hin und her wandern ließ.

»Mom, das ist nicht der richtige Zeitpunkt«, stöhnte Stefan.

»Für dich ist es nie der richtige Zeitpunkt. Du wirst alt, Stefan. Und ich werde nicht jünger. Ich brauche Enkelkinder«, gab seine Mutter zurück.

»Ich bin mir sicher, dass Dominick mit Anika daran arbeitet.«

Woraufhin Raymond murmelte: »Gott sei Dank wurden sie aus dem Haus verbannt. Ich schwöre, wenn ich sie noch einmal in der Küche erwischt hätte ...«

»Raymond!« Die ältere Hubbard schnaubte.

»Was? Es ist wahr. Ich bin mir sicher, Dominick wird Anika im Handumdrehen schwängern, und dann kannst du allerhand verschissene Windeln wechseln und den Rest von uns in Ruhe lassen«, erwiderte Raymond.

»Es ist eine wundervolle Sache, Kinder zu haben«, beharrte die ältere Hubbard.

»Wenn Sie das sagen«, kam Nimways leise Antwort.

Stefan sah sie an und grinste. Es ließ ein Grübchen in seiner Wange zum Vorschein kommen. Guter Gott, sie war sich ziemlich sicher, dass ein Eierstock zuckte.

»Da ihr beide scheinbar so gut miteinander auskommt, werden Raymond und ich uns den Buffettisch ansehen. Ich glaube, ich habe diese kleinen Brote ohne Kruste gesehen, die er so gern mag.«

»Wirklich?« Raymond reckte den Hals und sobald er den Tisch mit dem Essen entdeckte, zerrte der Mann seine Mutter praktisch in diese Richtung.

Nimway zog eine Augenbraue hoch. »Subtil ist sie nicht, oder?«

»Wow, ist dir das aufgefallen? Wenigstens ist sie

gegangen. Noch fünf Minuten und sie hätte unsere Verlobung geplant und unseren Kindern Namen gegeben.«

»Du und ich, verheiratet?« Sie lachte. Laut.

Er wirkte nicht so amüsiert wie sie. »Bist du fertig?«

»Kommt darauf an. Wirst du noch einen Witz reißen?«

»Nein, weil du mich vielleicht wieder schlägst.«

»Du hast es verdient. Das war kein Witz.«

Er seufzte. »Nein, das war es nicht. Ich war absichtlich gemein.«

»Warum?«

»Weil ich dich nicht mögen will.«

Na, das war unerwartet. Sowohl seine Antwort und, seinem Gesichtsausdruck nach zu urteilen, die Tatsache, dass er es eigentlich nicht hatte zugeben wollen. Sie starrten einander während des unangenehmen Moments an.

Sie rührte sich zuerst. »Keine Sorge, Baby, selbst wenn du verliebt wärst, würde es nie funktionieren, da ich deinen Gestank nicht ertragen kann.«

Er spannte den Kiefer an. »Du wirst ihn noch ein wenig länger ertragen müssen, da ich mit dir über das Ausspionieren meiner Familie reden will.« Schallendes Gelächter entlockte ihm eine Falte in der

Stirn. »Können wir uns irgendwo unterhalten, wo es ruhiger ist?«

»Nein, im Moment können wir das nicht tun.« Nimway schüttelte den Kopf. »Die Sachen auf dem Grill werden gerade fertig, während wir uns unterhalten, und ich werde auf keinen Fall die beste Mahlzeit des Jahres verpassen.«

»Was trägst du da?«, fragte er, als er schließlich ihr Hemd zu bemerken schien.

»Sag mir nicht, dass das als Kind nicht dein Lieblingsmüsli war.« Sie streckte ihre Brüste vor, um die darauf befindliche Karikatur zu zeigen, die viel Orange und Blau enthielt. Das gezuckerte, knusprige Zeug durfte in ihrem Zuhause nicht fehlen.

»Das ist industriell verarbeiteter Mist. Meine Mutter hat uns für gewöhnlich Pfannkuchen oder Arme Ritter, Eier und Würstchen gemacht.«

»Mmm, das klingt gut. Kannst du kochen?« Sie hätte nicht erklären können, warum sie fragte.

»Nein.«

Das war vermutlich eine gute Sache. Sie konnte es nicht gebrauchen, dass er noch reizvoller wurde.

Sie ging voran in den Garten, wobei er dicht an ihrer Seite blieb. »Ich würde sagen, dass jemand meine Familie stalkt, ist wichtiger als Essen.«

Sie warf ihm einen Blick zu. »Das ist es, deshalb wird sich auch darum gekümmert.«

»Von wem?«

»Was denkst du denn?«, gab sie zurück.

»Dein Bruder?«

Sexistisches Arschloch!

Sie stieß ihn mit der Hüfte an und ließ ihn zur Seite stolpern.

KAPITEL SIEBEN

Nimway stolzierte davon. Es dauerte einen Moment, bis Stefan sie wieder einholte. »Warum bist du schon wieder wütend?«

»Du scheinst zu denken, dass ich nichts kann, nur weil ich eine Frau bin.« Eine Einstellung, gegen die sie bereits ihr ganzes Leben lang ankämpfte.

»Na, entschuldige. Es ist nicht so, als hättest du gesagt: *Hey, ich habe die Leitung über den Sicherheitsbereich*. Oder was auch immer du tust.«

Sie schnappte sich einen Einwegplastikteller. Dieser würde gespült und an Herb weitergegeben werden, der ihn schmelzen und in Kombination mit seinem 3D-Drucker verwenden würde, um einfache Dinge für das Rudel herzustellen.

»Ich bin der Beta des Rudels. Das bedeutet, ich bin die Stellvertreterin und dafür verantwortlich, das

Rudel zu beschützen, sowohl vor äußeren als auch vor inneren Kräften.«

»Wie?«, fragte er und stellte sich mit ihr in der Schlange an, die zu den vielen auf der Steinterrasse aufgestellten Grills führte. Manche von ihnen wurden mit Propangas betrieben, aber einige wurden auch von der aromatischeren Kohle angeheizt.

»Wie wir andere davon abhalten, der Welt unser Geheimnis zu verraten?« Sie streckte ihren Teller für ein Steak aus. »Wir sorgen dafür, dass niemand redet.«

»Ihr bedroht sie?«

Als sie zu der Station mit den Rippchen weiterging, zuckte sie die Achseln. »Manchmal.«

Er verstummte und sie bekam den Eindruck, dass er endlich verstand, wie ernst das Rudel Drohungen nahm.

Sie luden ein paar Teller voll, da einer nicht genügend Platz bot, um den vielen Beilagen gerecht zu werden. Es gab unzählige Salate, und zwar nicht nur die mit knackigem Grün, sondern auch mit cremigen Kartoffeln und Nudeln. Zwei schwere Teller balancierend führte sie ihn aus dem Garten heraus in den Park, der eine Art Innenhof für die ihn umgebenden Häuser darstellte. Überall um sie herum wurde vor den mit Lichterketten geschmückten Häusern gegrillt und sich laut unterhalten. Es gab hier keine Zäune.

Er sah sich um, bevor er anmerkte: »Jedes Zuhause in diesem Park gehört eurem Rudel.«

»Jup. Zu mehreren ist man sicherer.«

»Man würde denken, dass es mehr Aufmerksamkeit erregt.«

»Wir beschützen einander.«

»Und vögelt Außenstehende.«

»Mehr oder weniger«, stimmte sie zu.

Sie wählte einen Platz unter einer ausladenden Eiche, wo sie sich im Schneidersitz auf den Boden setzte und die Teller in ihrem Schoß balancierte.

Er ließ sich in ihrer Nähe nieder und sie aßen eine Weile in Stille, bis er stöhnte und sagte: »Sag das nicht meiner Mutter, aber diese Rippchen sind köstlich.«

Ihr Lächeln wurde von mit Fett und Soße verschmierten Lippen umrahmt. »Hab ich dir doch gesagt.«

Sie arbeiteten sich durch die Speisen durch, bis sie sich wünschte, sie hätte Leggings anstelle von Jeans getragen. Würde er es bemerken, wenn sie den Knopf öffnete?

Sie wollte gerade versuchen, sich ein wenig Platz für ihren aufgeblähten Bauch zu verschaffen, als Charlene angelaufen kam. Sie war fünf Jahre alt, zuckersüß und schnaufte, als sie verkündete: »Sie bringen das Schwein.«

»Das was?«

»Du wirst schon sehen.«

Das langsam gebratene Schwein stellte sich als saftig heraus. Und köstlich.

Obwohl sie voll waren, aßen sie noch mehr. Er weitete seinen Gürtel ein wenig, und da er es zuerst tat, war es jetzt für sie in Ordnung, einen Knopf zu öffnen.

Als sie satt war, hörte sie auf, das Essen zu beäugen, um sich mehr auf die Feier zu konzentrieren.

Eigentlich übernahm sie keinen Sicherheitsdienst für die Veranstaltung. Das Rudel hatte ein zusätzliches Team im Dienst, das ein Auge auf alles hatte. Außenstehende durften die Gegend heute Abend nicht betreten, bis auf die Hubbards, die eingeladen worden waren. Eine Art Testlauf, um zu sehen, ob sie ein Gefühl für die Familie bekommen konnten, bevor sie eine endgültige Entscheidung über ihr Schicksal trafen.

Nimway musste den Hubbards lassen, dass sie keinerlei Problem damit zu haben schienen, sich unter das Rudel zu mischen. Nanette hatte sich bei den anderen Matriarchinnen niedergelassen, und ihren Mienen und ihrem Gelächter nach zu urteilen tauschten sie Geschichten miteinander aus.

Raymond, der weniger gesehene Bruder, hatte den einen Tisch mit den Sonderlingen gefunden. Diese Rebellen saßen auf ihren Ärschen, während ihre Gesichter von Bildschirmen erhellt wurden. Die anderen in seiner Familie hatten Spaß, lächelten und flirteten.

Alles in allem war es eine gut laufende Party, und doch wirkte Stefan argwöhnisch.

»Was ist los?«, fragte sie, als sie ihn zum Tisch mit den Nachspeisen führte. Sie mussten ihre Teller erneut füllen, bevor sie sich zurückzogen, um ihren Preis zu essen.

»Mir fällt auf, dass die Freundlichkeit, die wir hier sehen, im Gegensatz zu der Art steht, wie dein Bruder anfänglich auf uns zugegangen ist.« Er sprach von ihrer Konfrontation mit Dominick, als sie seine Freundin entführt hatten.

Nicht ihr bester Plan. Zu ihrer Verteidigung, sie hatten schnell handeln müssen, sobald sie erkannten, dass jemand möglicherweise Aufmerksamkeit auf ihr Revier zog.

»Zu diesem Zeitpunkt hatten wir keine Ahnung, ob ihr eine Bedrohung wart oder nicht.«

Er verzog die Lippen. »Ich nehme an, da wir uns mitten in eurer Gegend befinden, wurden wir als harmlos eingestuft.«

»Nicht ganz.«

»Und das bedeutet was?«

»Dass das Rudel bald über euer Schicksal entscheiden wird.«

»Das Rudel oder dein Bruder?«

»Sie fügen sich für gewöhnlich dem Willen des Alphas.«

»Und als seine Stellvertreterin bist du seine Vollstreckerin?«

»Wenn nötig.« Sie sah keinen Sinn darin zu lügen.

Anstatt zurückzuschrecken, versuchte er tatsächlich, an ihr Gewissen zu appellieren. »Und es ist für dich in Ordnung, andere zu ermorden, nur weil er dich darum bittet?«

»Das Rudel ist alles.« Sie hatte bereits vor langer Zeit gelernt, jegliches Mitgefühl zu unterdrücken, wenn es um die Sicherheit ihrer Leute ging.

»Will heißen, du würdest meine Familie töten, wenn du sie für eine Bedrohung hieltest.«

»Das würde ich.«

»Aber jetzt, wo wir miteinander auskommen, bedeutet das, dass wir euren Test bestanden haben?«

»Scherst du dich wirklich darum?«

Er lehnte sich an die Wand an der Seite des Hauses, wohin sie sich für ein wenig Privatsphäre zurückgezogen hatten. »Mir ging es gut, bevor ihr alle kamt, und ich werde auch weiterhin klarkommen, wenn ihr nicht da seid.«

Aus irgendeinem Grund schmerzte diese Aussage. »Wenn du das glaubst, warum hast du dir dann überhaupt die Mühe gemacht herzukommen?«

»Um für die Sicherheit meiner Familie zu sorgen.«

»Ist das alles?« War er wirklich nur aus einem Grund gekommen?

»Nein.« Er senkte den Kopf. Dann flüsterte er: »Ich weiß, ich sollte das nicht. Aber ich will …«

Eine Sekunde lang öffneten sich ihre Lippen. *Will? Ja, ich will –*

»Ich brauche Antworten.«

Seine Aussage riss sie aus ihrer Träumerei. »Das glaube ich nicht.«

»Ich habe noch gar keine Fragen gestellt«, erwiderte er.

»Das ist egal. Als wir uns das letzte Mal unterhalten haben, hast du allem widersprochen, was ich gesagt habe.«

»Habe ich nicht.«

Ihr entwich ein empörtes Geräusch. »Sagt er, während er es wieder tut.«

»Kannst du mir verübeln, das infrage zu stellen, was du sagst? Kannst du die Tatsache verstehen, dass es schwer zu akzeptieren ist, dass ihr, Gestaltwandlung, Werwölfe und Rudel alle real seid?«

»Wie kann das schwer sein? Du hast es erlebt.«

»Ich dachte, ich sei eine Laune der Natur. Einer in einer Million.« Wenigstens stritt er es nicht länger ab.

»Oh, du bist noch immer selten, Baby. Nur nicht so selten, wie du dachtest.«

Er richtete seinen wütenden Blick auf sie. »Nicht witzig. Ich hätte das meiner Familie niemals gewünscht.«

»Hör auf, so zu tun, als wäre es ein Fluch oder eine Krankheit.«

»Ist Lykanthropie nicht ein Virus?«

Das entlockte ihr ein Lachen. »Hör auf, dir dein Wissen aus Film und Fernsehen anzueignen. Ich bin hier, um dir zu sagen, dass in diesem Moment Werwölfe geboren werden. Möchtest du, dass ich dafür sorge, dass du bei der nächsten Geburt zusehen kannst?«

Er erblasste. »Nein danke.«

»Wir kommen übrigens nicht mit Fell oder Zähnen heraus. Das fängt für gewöhnlich erst mit sechs Monaten an.«

»Ihr verwandelt euch so jung in Wölfe?«

Sie runzelte die Stirn. »Du klingst überrascht.«

»Weil ich bei meinem ersten Mal ein Teenager war.«

Ihr Mund wurde rund. »So alt?«

Er verzog das Gesicht. »Ich schätze, das ist ungewöhnlich.«

»Fast schon gänzlich unbekannt. Vielleicht eine Nebenwirkung dessen, was dir angetan wurde.« Sie musste zugeben, dass sie neugierig war. »Erinnerst du dich an irgendetwas aus deiner Zeit in Gefangenschaft? Kamt ihr alle vom selben Ort? Die Geburtseinträge, die ich gesehen habe, zeigen, dass ihr alle drei Jahre alt wart, als ihr adoptiert wurdet, bis auf Dominick und Jessie. Sie waren beide etwas älter.«

»Woher weißt du so viel über meine Familie?«

»Es ist mein Job.«

»Du bist gut«, murmelte er. »Zu gut. Aber es wird nichts bringen. Ich habe versucht, mir unsere Vergangenheit anzusehen. Ich habe nichts gefunden.«

»Das liegt daran, dass du nicht unsere Ressourcen hast. Was ist mit Erinnerungen?«

Er schüttelte den Kopf. »Ich kann mich an nichts erinnern.«

»Hast du es versucht?«

»Na ja, schon, aber nichts wirklich Konkretes.«

»Selbst unter Hypnose?«, fragte Nimway.

Er blinzelte sie an. »Einen Teufel habe ich getan.«

»Es könnte dir dabei helfen, dich an die frühen Jahre zu erinnern.« Sie konnte nicht umhin, neugierig zu sein.

»Vielleicht will ich das nicht.«

»Willst du nicht wissen, wo du herkamst?«

»Nicht wirklich. Diejenigen, die uns geschaffen haben, sind kranke, mordende Mistkerle.«

»Deshalb ist es wichtig, dass wir herausfinden, wer sie sind und ob sie diejenigen sind, die gerade deiner Familie nachstellen.«

Er wurde blass. »Was für ein riesiges Durcheinander.« Er holte eine Zigarette hervor, aber bevor er sie anzünden konnte, schlug sie seine Hand weg.

»Nicht rauchen. Hier sind Kinder dabei.«

»Im Garten.«

»Nicht. Rauchen.« Sie nahm seine Hand und zerfetzte die Zigarette.

»Wenn ich aufgewühlt bin, rauche oder vögle ich. Entscheide dich.«

»Wir könnten uns ein Bier holen.«

»Ich trinke nicht«, antwortete er ausdruckslos.

Ihr war aufgefallen, dass er sich Saft geholt, sie aber nicht darüber informiert hatte, dass er trocken geblieben war. »Du solltest nicht rauchen.«

»Mein Körper, meine Entscheidung.«

»Du bist ein Arschloch.«

»Ich bin genauso nervig wie du«, erwiderte er. »Bei allem gibst du mir nur halbe Antworten. Du sagst mir, meine Familie sei in Gefahr, ohne mir weitere Informationen zu geben, was es mir erschwert, sie zu beschützen.«

»Mach dir keine Sorgen um sie. Für den Moment sind sie sicher. Wir haben etwas arrangiert, dem die Beobachter folgen. Sie haben den Köder geschluckt und befinden sich in einer aussichtslosen Verfolgung, aber sie könnten zurückkommen.«

»Welchen Köder?«

»Ein paar Gerüchte in einer Online-Gruppe in den sozialen Medien über ein großes Tier, das Leute in einer Gegend auf der anderen Seite der Stadt belauert. Möglicherweise eine Katze.«

»Ihr habt ein Gerücht in die Welt gesetzt?« Seine Frage enthielt einen ungläubigen Unterton.

»Und es hat funktioniert. Wenn möglich, sollte man versuchen, den Verdacht zu zerstreuen, indem man eine falsche Spur legt. Wenn sie aufgeben, ist es das bestmögliche Szenario.«

»Ihr habt über diesen Mist wirklich nachgedacht.«

»Das mussten wir, um zu überleben.«

»Wovor habt ihr Angst?«, fragte er.

»Als ob du das nicht wüsstest.«

Ihm fiel die Kinnlade herunter. »Davor, entdeckt zu werden.«

KAPITEL ACHT

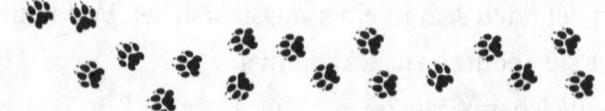

Es befreite Stefan, seine grösste Angst zuzugeben, auch wenn es ihn verletzlich machte.

Sie legte eine Hand über seine. »Unsere Entdeckung zu verhindern ist mein Job. Das hilft bei der Angst davor.«

»Wirklich? Denn es wäre schön, nicht die ganze Zeit misstrauisch zu sein, dass ich beobachtet werde.«

»Oh, du solltest trotzdem allen und allem misstrauen.« Ihr Grinsen schimmerte vor Schalk.

»Selbst dir?« Seine Frage war leise und heiser.

»Besonders mir.« Erneut lag dieser singende Tonfall in ihrer Stimme. Flirtete sie?

»Soll ich glauben, dass das hier unauffällig ist?«, fragte er. Er deutete mit einer Hand auf das beleuchtete Ende der Gasse zwischen den Häusern, wo die

Terrassen mit Laternen behangen und sowohl Musik als auch Gespräche aller Art zu hören waren. »Das wirkt auf mich, als würdet ihr darum betteln, gefunden zu werden.«

»Das nennt sich unsichtbar sein. Wenn du dich umsiehst, was siehst du?«

»Viele Werwölfe.«

»Wo? Zeig mir einen.«

Er öffnete und schloss den Mund. »Na ja, im Moment sehe ich keinen.«

»Und du wirst hier auch niemals einen sehen. Das ist eine unserer am stärksten durchgesetzten Regeln.«

»Ihr habt das Wandeln der Gestalt verboten.«

»Nur innerhalb der Stadt. Wölfe gehören nicht in die Vororte. Jeder, der auf vier Beinen rennen will, muss irgendwo hingehen, wo ein Wolf nicht ungewöhnlich wäre.«

»Was bedeutet, ihr verlasst das Tal in Richtung eines Waldstückes.«

»Manche gehen so weit. Diejenigen von uns, die sich öfter verwandeln müssen, kommen damit davon, entlang des Trans Canada Trails zu laufen. Einfach an der Westridge parken und reingehen, wobei man aussieht, als würde man joggen gehen. In den Wald laufen, ausziehen und fertig.« Sie schnippte mit den Fingern. »Da schafft man ein paar Stunden.«

»Was, wenn ihr gesehen werdet?«

»Solange wir nicht bedrohlich sind, können die Leute gern Wolfssichtungen melden. Unser Kerl, der die Anrufe abarbeitet, wird sie als Sichtung eines Kojoten eintragen. Gefährlich für Haustiere. Nicht für Menschen.«

»Was, wenn euch jemand für eine Gefahr hält und etwas unternimmt?«

Sie zog eine Augenbraue hoch. »Wir leben in Ottawa in Kanada. Das Erschießen von Tieren ist verboten, sofern man keine Erlaubnis der Regierung hat.«

»Nicht alle halten sich an das Gesetz.«

Sie verdrehte die Augen. »Nicht alle gehen bewaffnet im Wald joggen, um Wölfe zu erlegen. Tatsächlich würde ich so weit gehen und es als selten bezeichnen, falls es denn je passiert.«

Er wollte trotzig sein und weiter widersprechen, nur um zu erkennen, dass er es ihr erneut antat. Sie gab ihm Antworten und er widersprach.

Verdammt, ich bin nervig. Er musste aufhören, ein Arschloch zu sein. »Wie oft wirst du pelzig?«

Sie rollte die Schultern. »Nicht so oft, wie ich es gern tun würde. Der Großteil meiner Arbeit findet in der Stadt statt.«

»Würde es nicht mehr Sinn ergeben, dass ihr alle auf dem Land lebt, damit ihr euch nicht verstecken müsst?«

»Und der tägliche Weg zur Arbeit würde dann wie lange dauern?« Sie zog eine Braue hoch. »Du weißt doch, dass die Rechnungen bezahlt werden müssen. Ein Wolf muss Fleisch im Kühlschrank haben.«

»Das ist verrückt.« Er holte eine weitere Zigarette hervor, die Nimway ihm sofort aus der Hand schlug. Erneut.

»Meine Güte, es ist nur eine Zigarette.« Trotzig zog er eine dritte heraus.

Sie beugte sich vor und entriss sie ihm, bevor sie sie zu Tabakstaub zermalmte. Sie kam ihm nahe genug, um an seinen Lippen zu flüstern: »Rauchen ist widerlich.«

»Das darfst du gern denken. Mir gefällt es zufälligerweise, und ich habe dir gesagt, wenn ich durcheinander bin, muss ich vögeln oder rauchen.« Vor langer Zeit hatte er härteres Zeug getan. So würde er die Kontrolle nie wieder verlieren.

»Nicht. Rauchen.« Die Worte flatterten an seinem Mund.

So nahe. Ihr Duft, süß und moschusartig zugleich, wirbelte um ihn herum. Sicherlich wusste sie, wie verlockend sie war. Seinerseits wäre keine große Bewegung nötig, um sie zu küssen.

Er kämpfte gegen den Drang an.

»Was ist los, Baby? Du bist plötzlich so still.«

»Ich denke nur über alles nach, was du mir erzählt hast.«

»Ist das alles, *Baby*?« Das letzte Wort reizte ihn.

»Was tust du da?«, fragte er. Außer ihn verrückt zu machen.

»Ich versuche, dich dazu zu bringen, mich zu küssen. Aber da du ein verdammter Gentleman bist –« Sie küsste ihn.

Einen Moment lang ließ die Überraschung Stefan erstarren, dann jedoch öffnete er den Mund und seine Zunge hieß sie willkommen.

Sinnliche Hitze. Begierde. Ein pulsierendes Verlangen erfüllte ihn.

Er verlor den Überblick über Zeit und Raum. Er stand in Flammen. Jede Bewegung ihrer Zunge und Reibung ihrer Hüften fachte die Hitze an.

Sie berührte ihn und umfasste seinen Hintern durch seine Jeans hindurch. Sie ließ ihre Hände unter den engen Stoff gleiten, um ihre Fingernägel in ihm zu vergraben. Er hätte dasselbe getan, wären sie nicht unterbrochen worden.

»Igitt. Sie küssen sich.« Der Eimer voller

Eiswasser kam in Form desselben kleinen Mädchens wie zuvor.

»Es ist ekelhaft, da stimme ich dir zu.« Die Stimme von Gwayne, Nimways Bruder.

Verdammt.

Sie sprang förmlich aus seinen Armen heraus, während sie stotterte: »Gwayne, äh, brauchst du etwas?«

»Störe ich?« Gwaynes Stimme war viel zu ruhig. Das zornige Funkeln in seinen Augen bedeutete nichts Gutes.

Nicht dass Stefan es ihm verübeln könnte. Er hätte dasselbe getan, wenn er seine Schwester dabei erwischt hätte, wie sie den Feind küsst.

»Was willst du?«, fauchte Nimway.

Es war das kleine Mädchen, das auf Stefan zeigte. »Brauchen dich. Große Katze bewacht den Desserttisch.« Sie lispelte auf zuckersüße Art, weshalb es vermutlich auch keinen Sinn ergab.

»Ich verstehe nicht«, sagte Stefan stirnrunzelnd.

»Raymond.« Das einzige Wort, das Gwayne von sich gab, bevor er sich umdrehte und davonmarschierte.

Was war mit seinem Bruder Raymond? Es veranlasste Stefan dazu, ihm zu folgen, woraufhin er in einem Garten landete, in dem sich weiter unterhalten und Musik gespielt wurde, aber alle schienen von etwas vor ihm fasziniert zu sein.

Als sich die Menge für Gwayne und Stefan teilte, erkannte er schließlich, was jedermanns Aufmerksamkeit gefesselt hatte. Ein Luchs knurrte alle an, die sich dem Schokoladenbrunnen näherten. Das war nicht das einzige Problem.

Anika hatte ihre Arme und Beine um Dominick gelegt und schien hektisch mit ihm zu sprechen, aber Stefan verstand die Situation erst, als er sich dem Desserttisch näherte und den Duft wahrnahm.

Wut kochte in ihm hoch. Er wirbelte zu Gwayne herum. »Was zum Teufel? Findet ihr es lustig, die Schokolade mit Katzenminze zu versetzen? Was für ein beschissener Trick ist das bitte?«

Der Kerl sah verwirrt aus. »Ich schwöre, das haben wir nicht getan.«

»Vor allem, weil niemand Schokolade so ruinieren würde«, murmelte Nimway, die sich an ihm vorbeidrückte und erstarrte, als der große Luchs nach ihr ausholte.

Sie knurrte.

Die Katze fauchte und duckte sich.

Verdammt.

»Raymond, nein!« Stefan packte Nimway und schleuderte sie förmlich hinter sich, dann wandte er sich seinem Bruder zu, welcher empfänglicher für

Katzenminze war, als er zugegeben hatte. Er musste sich in dem Moment auf die Schokolade gestürzt haben, in dem sie herausgebracht worden war. Er hatte schon immer eine Schwäche für Süßigkeiten gehabt, genau wie Dominick, der weggeführt werden musste, da seine Kontrolle zutiefst auf die Probe gestellt wurde.

Was Stefan anging? Es roch gut. Er würde liebend gern davon naschen. Aber das würde dazu führen, dass er nackt im Wald aufwachen würde, mit schmerzenden und klebrigen Gliedmaßen, an die er nicht denken wollte.

Er streckte dem Luchs eine Hand entgegen. »Raymond. Ich bin es, dein Bruder.«

Die Katze knurrte.

»Fang ja nicht diesen Mist mit mir an.« Stefan trat einen Schritt vor. »Du musst von diesem Brunnen weg, Kumpel. Da ist Katzenminze drin.«

Die Großkatze drehte den Kopf.

»Ja, ich weiß, dass es köstlich riecht, deshalb musst du auch davon weg.«

»Knurr.« Die Katze zog eine Lefze hoch und zu seiner Überraschung erwiderte Stefan das Knurren. Etwas mehr Bestie, als er es bei sich für möglich gehalten hätte.

Der Luchs blinzelte. Das aufgeregte Murmeln um sie herum verstummte.

Verdammt noch mal.

»Aus dem Weg«, hörte er seine Mutter rufen, die mit einem Teller voller belegter Brote ohne Kruste im Anmarsch war. Erdnussbutter und Marmelade. Die mochte Raymond am liebsten. »Komm schon, Ray-Ray. Sieh mal, was Mama hier hat.« Sie wackelte mit dem Teller, woraufhin die Katze unentschlossen wirkte. Brunnen oder Mama mit leckerem Essen?

»Ray-Ray, wer ist mein guter Junge?«, gurrte Mom.

Der Luchs gab nach und bleckte die Zähne, als er auf Mom und ihre Leckerbissen zusteuerte. Krise abgewandt.

Für den Moment jedenfalls, aber er hatte das Gefühl, dass ihnen die wahre Katastrophe noch bevorstand.

KAPITEL NEUN

Gwayne ließ sich nicht anmerken, wie wütend er war, bis die Hubbard-Familie weggefahren war. In dem Moment, in dem sie die Gegend verlassen hatten, zusammen mit einer sie verfolgenden Gruppe, die sie über Nacht bewachen würde, brüllte ihr Bruder: »Wer zur Hölle hat etwas in das Essen getan?«

Stille.

»Wer war so dämlich, uns *alle* zu gefährden?« In seiner Frage lag ein gefährliches Zittern.

Niemand trat vor.

Das entlockte Gwayne ein tiefes Knurren. »Irgendjemand hat etwas gesehen. Sprecht jetzt oder —«

Ein kleiner Junge hob die Hand. »Ich weiß, was passiert ist, Alpha.«

»Bertrand?« Er war überrascht.

Der Junge ließ den Kopf hängen. »Ich war es. Ich habe die Gewürze in die Schokolade getan.«

Dieses Eingeständnis verblüffte ihn. Gwaynes Stimme wurde sanfter. »Welche Gewürze, Bertrand? Wo hattest du sie her?«

Der Junge senkte den Kopf. »Ich weiß nicht.«

Eine offensichtliche Lüge.

Alle wussten das, weshalb Gwayne öffentlich damit umgehen musste. »Wer. Hat. Sie. Dir. Gegeben?«

In diesen Worten lag Herrschaft. Ein Befehl des Alphas, dem gehorcht werden musste.

»Jojo.« Der Name verließ Bertrands Lippen in einem Flüstern, bevor er hastig hinzufügte: »Ich habe es getan, um nett zu sein. Jojo sagte, es würde unseren Gästen gefallen. Er sagte, es würde sie so glücklich machen.«

Jojo war ein Mitglied des Rudels, das bereits unter Bewährung stand, da er ein fauler Sack war. Und jetzt ein Verräter.

»Wo ist er?«, fragte Gwayne. Er musste nicht erwähnen, wen er meinte.

Die Leute um ihn herum wurden unruhig und sahen sich um. Jojo war nicht auf dem Grillfest gewesen. Niemand erinnerte sich daran, ihn gesehen zu haben.

Eine Durchsuchung seines Hauses zeigte, dass Dinge fehlten, persönliche Gegenstände. Sein Handy lag auf dem Bett.

Als wäre das die einzige Möglichkeit, den Verräter aufzuspüren. Es war egal, wie weit Jojo floh. Er hatte das Rudel in Gefahr gebracht. Dafür würde er bezahlen müssen.

Die Menge im Park zerstreute sich in die anderen Häuser, woraufhin Nimway allein mit ihrem Bruder zurückblieb. Er marschierte durch seinen Garten zum Haus und steuerte auf die Hausbar zu. Das ließ ihr einen Schauder der Erinnerung über den Rücken laufen.

Wie er betrunken war. Deprimiert.

Wenigstens geschah das nicht mehr oft. Nachdem seine Frau und das Baby gestorben waren – Komplikationen während der Geburt –, hatte er sich dem Alkohol zugewandt, um den Schmerz zu betäuben. Das schien es nur schlimmer zu machen. Er litt viel zu sehr und brach völlig verändert aus seiner Trauer heraus. Härter und gleichzeitig doch sanfter. Das konnte sie sehen, da er, anstatt sich der Hubbards zu entledigen, bevor sie das Rudel offenbaren konnten, darüber nachdachte, sie in ihre Mitte zu holen.

Als könnten Katzen und Hunde zusammenarbeiten.

Er reichte ihr ein Glas, welches sie entgegennahm. Das war gut, denn sie brauchte einen bekräftigenden Schluck, als er sagte: »Willst du mir erklären, warum ich dich beim Trockensex mit dem Rothaarigen erwischt habe?«

Sie spuckte den Alkohol aus.

Einfach typisch, dass Gwayne derjenige war, der einen der heißesten Küsse ihres Lebens unterbrach.

»Also das ist eine Verschwendung guten Alkohols.« Gwayne kippte seinen herunter.

»Ich weiß nicht, was das Problem ist«, murmelte sie.

»Du. Er. Ich denke an entweder zu viel Bier oder zu viel Gras. Vielleicht beides?«

»Ich bin nicht ... ich meine, ich war nicht betrunken.«

»Was ist dann in dich gefahren?«, erwiderte Gwayne trocken.

Sie verzog das Gesicht. »Können wir es bei schlechten Entscheidungen belassen?«

»Das ist mehr als nur eine schlechte Entscheidung. Stefan ist eine mögliche Bedrohung für unser Rudel und du hast ihm deine Zunge in den Hals gesteckt.«

»Du bist ein patriarchales Arschloch. Ich bin eine erwachsene Frau, die vögeln kann, wen sie will.«

»Warum vögelst du dann niemanden, der tatsächlich nützlich sein wird?«, gab ihr Bruder zurück. »Seit Jahren sage ich dir schon, dass du mit jemandem sesshaft werden sollst. Dass du ein oder zwei Kinder bekommen sollst, um unsere Linie zu erhalten.« Denn Gwayne hatte nach dem Tod seiner Frau und seines Kindes geschworen, nie wieder zu heiraten. »Und anstatt jemanden mit dem richtigen Stammbaum zu wählen, knutschst du mit einem verdammten Laborexperiment herum.«

»Ich erinnere dich erneut daran, dass wir uns im einundzwanzigsten Jahrhundert befinden und du kein Mitspracherecht hast, wen ich vögle oder mit wem ich ausgehe.« Als würde sie angesichts seines Macho-Schwachsinns nachgeben.

»Falsch. Ich habe ein Mitspracherecht, weil du der Beta dieses Rudels bist. Derjenige, der es anführen wird, wenn ich niedergehe.« Er wurde sanfter. »Und du bist die einzige Familie, die mir geblieben ist. Wer wird nach dir unseren Namen weitertragen?«

Sie seufzte. Sie wollte ihm sagen, dass es an der Zeit war, über seine Trauer hinwegzukommen. Aber gleichzeitig hatte er so sehr gelitten, als sie starben.

»Es tut mir leid, Gwayne, aber ich werde mich an niemanden binden, nur weil er Teil des Rudels ist. Im Gegenteil, du solltest uns davor warnen. Um

Himmels willen, du hast die Berichte über Inzucht gelesen.«

»Wir waren vorsichtig.«

Ja, indem sie begrenzten, wer mit wem ausgehen konnte. Bereits vor langer Zeit hatten sie Cousins ersten Grades verboten. »So vorsichtig, dass unsere Geburtenrate niedriger ist denn je, weil unser Genpool so klein ist.«

»Was schlägst du dann vor?«, brummte Gwayne, da ihm diese Diskussion nicht unbekannt war. »Du weißt, dass es nicht immer zu Lykanern führt, wenn wir uns mit Menschen mischen.«

»Ich habe nie Menschen gesagt. Was ist mit anderen Gestaltwandlern?« Sie hätte nicht erklären können, warum sie das von sich gab, und doch stellte sie sich einen gewissen aufgeblasenen, bärtigen Rotschopf vor.

»Warte, willst du mir sagen, dass du tatsächlich planst, mit Stefan ins Bett zu gehen?«

»Ja.« Es hatte nichts damit zu tun, den Familiennamen weiterzugeben, sondern mehr damit, dass er ihre Unterwäsche förmlich in Brand steckte.

»Denkst du, nach dem, was heute Abend passiert ist, wäre er immer noch bereit dazu?«

»Nein!« War ihr Bruder verrückt? Jetzt, wo das Blut wieder zurück in ihrem Gehirn war, konnte sie erkennen, warum es böse enden würde, sich mit ihm einzulassen.

»Ja, Stefan wirkte ziemlich angepisst.« Gwayne rieb sich das Kinn. »Was ist mit dem anderen Bruder?«

»Raymond?«, quiekte sie. »Was ist mit ihm?«

»Er scheint von der anständigen Art zu sein.«

»Wofür?«

»Für eine Allianz zwischen unseren Familien.«

Sie schüttelte heftig den Kopf. »Vergiss es.«

»Denk eine Sekunde lang darüber nach. Es löst so viele Probleme gleichzeitig.« Gwayne begann, vor Begeisterung auf und ab zu gehen, was sie besorgte.

»Du wirst mich nicht als Nutte verhökern.«

»Und doch bist du diejenige, die es vorgeschlagen hat.« Seine Stimme wurde gefährlich tief. »Es wäre angesichts deiner Sorgen über Inzucht die perfekte Lösung. Wir bilden eine Allianz mit einem kleineren Rudel, während wir gleichzeitig neue Stammbäume in unseren Genpool einführen, um deinen pingeligen Forderungen gerecht zu werden.«

»Das ist nicht pingelig.« Sie wollte nur nicht mit Kerlen ausgehen, die wie Brüder für sie waren. Widerlich.

»Sagt das Mädchen, das mir keine Wahl gelassen hat.«

Sie hätte eine Zicke sein und ihm eine Alternative

entgegenbrüllen können. Sie hätte ihm sagen können, er solle aufhören, seine Ex-Frau auf einen Sockel zu stellen. Sie war alles andere als perfekt gewesen. Aber sie konnte keine tote Frau schlechtmachen. »Arrangierte Ehen sind veraltet.«

»Ich weiß, dass du das tun wirst, was für das Rudel das Richtige ist.«

»Wage es nicht zu sagen, es sei für das Rudel!«

»Als dein Alpha befehle ich dir –« Bevor Gwayne seine frauenverachtende, prächtige Idee loswerden konnte, schlug sie ihn.

KAPITEL ZEHN

Stefans Handy klingelte zu einer gottlosen Stunde. Das wusste er, weil er noch immer schlafend im Bett lag. Er hätte es ignoriert, hätte der Klingelton nicht zur wichtigsten Person auf der Welt gehört.

»Ich hoffe, es ist wichtig, Mom«, sagte er.

»Die Wölfe verlangen eine Allianz«, erwiderte sie.

Er blinzelte die Uhr an. »Jetzt? Es ist sechs Uhr morgens.«

»Und du solltest schon längst wach sein.«

»Ich kam erst nach zwei nach Hause.« Denn so lange hatte er gebraucht, um Ray zu beruhigen. Scheinbar hatte es den Jungen nicht auf seine eigene Transformation vorbereitet, seine Brüder dabei zu sehen, wie sie sich in Katzen verwandelten. Es half nicht, dass es in der Öffentlichkeit war und Ray das erniedrigende Video seiner neuen Hacker-Freunde hatte, um es zu beweisen.

Obwohl Stefan über das Meme lachte, welches eine Mischung aus einem Foto von Ray, wie er konzentriert an seinem Laptop saß, und der Katze war, die den Schokoladenbrunnen bewachte. Darunter stand der Text: *Fass nicht meine Maschine an, sonst fresse ich dein Gesicht.*

»Du hättest die Nacht zu Hause verbringen können«, schalt seine Mutter.

Weil ein erwachsener Mann in einem Stockbett mit seinen Brüdern schlafen wollte. Nein danke.

Ganz zu schweigen davon, dass er nicht nach Hause gehen konnte, da dort die Verlockung der verdammten Pflanze im Kellerversteck seines Bruders zu stark wäre. Er wusste, dass dort unten Katzenminze war. Er hatte sie gesehen. Sie gerochen. Wie Ray das ausgehalten hatte, wusste er nicht, denn Stefan wollte sie mit einer Begierde, die ihn selbst jetzt eine Zigarette hervorholen ließ. Diese zündete er jedoch nicht an.

Nimway hasste das Rauchen wirklich. Sie hatte ihn sogar geküsst, um es zu beweisen.

Was wäre passiert, wenn sie nicht unterbrochen worden wären?

»Stefan? Bist du noch da? Bist du wieder eingeschlafen?«

Das wünschte er sich. Er zündete die Zigarette an und atmete den beißenden Rauch aus. »Ich bin wach, und du musst noch mal anfangen. Diesmal von vorn.«

»Gwayne hat mich letzte Nacht angerufen.«

»Ach, jetzt ist es Gwayne?«, spottete er, wobei er einen weiteren Zug nahm. Trockener Rauch direkt am Morgen, ohne einen Kaffee? Nicht gerade schmackhaft.

»Er ist ein guter Mann. Du solltest ihm eine Chance geben.«

Er schwang seine Beine über die Bettkante. »Das habe ich, indem ich zu diesem verdammten Grillfest gegangen bin, und weißt du, was passiert ist? Mein Bruder wurde unter Drogen gesetzt.«

»Es war nicht Gwaynes Schuld.«

Stefan prustete. »Seine Party. Seine Leute. Sie müssen gewusst haben, dass das Zeug mit etwas versetzt war.« Es war absichtlich geschehen, in der Hoffnung, dass einer von ihnen den Köder schlucken und sich verwandeln würde. Zu welchem Zweck wusste er jedoch nicht.

»Gwayne hat mir erzählt, dass nur er und ein paar Vertraute von der Katzenminze wussten. Sie haben ein Päckchen mit dem Kraut, ähnlich dem, das

Dominick bekommen hat, im Haus des Täters gefunden.«

»Sie wissen, wer es war?«

»Ja. Und sie suchen nach ihm.«

»Du scheinst gut informiert zu sein.«

»Ich hatte eine lange Unterhaltung mit Gwayne. Er ist ein netter Junge. Hat mit achtzehn seine Eltern verloren. Autounfall. Beide auf einmal.«

Was bedeutete, dass Nimway eine Waise war.

»Wusstest du, dass er und seine Geschwister alle nach Figuren der Artussage benannt sind?«

»Warum?«

»Warum nicht?«, gab Mom zurück.

»Gibt es irgendeinen Grund, warum ich mich darum scheren sollte, bis auf die Tatsache, dass du jetzt Gwaynes beste Freundin bist?«

»Ich fand, es war nett, dass er angerufen hat, um sich zu entschuldigen. Er will dafür sorgen, dass es nie wieder passiert.«

Er entzündete eine weitere Zigarette, nachdem die in seiner Hand heruntergebrannt war. Ziehen. Blasen. »Und wie genau wollen sie ihre Leute davon abhalten, uns zu entlarven?« Denn zu viele von ihnen kannten ihre Schwächen. Ihr Kryptonit.

»Wir schließen uns dem Rudel an.«

Gelächter brach aus ihm heraus. Er konnte nicht anders. »Bitte. Als würden sie uns das erlauben.«

»Das werden sie, und ich sehe keine andere Wahl.«

Er zog ein paarmal an dem Glimmstängel, bevor er krächzte: »Warum, Mom? Inwiefern hilft uns das? Wir kamen bisher gut klar.«

»Das war zuvor. Mit dem, was wir jetzt über dich und deine Brüder wissen, möglicherweise ihr alle …« Moms Stimme wurde sanfter. »Ich weiß, dass es dir nicht gefällt. Aber da sich die Dinge ändern, müssen wir uns auch ändern.«

»Behalte deinen Zen-Mist für dich, bis ich meine erste Tasse Kaffee hatte«, grummelte er, als er es schließlich schaffte, vom Bett in die Küche zu schlurfen.

»Das nennt sich Vernunft. Nur jemand, der scheitern will, weiß nicht, wie man sich an die Gezeiten anpasst und sie nimmt, wie sie kommen.«

»Können wir mit den Metaphern aufhören?« Mit der Zigarette in der Hand und dem Handy, welches auf Lautsprecher war, auf der Anrichte, setzte er eine Kaffeekapsel ein und wartete darauf, dass sein Kaffee kochte. Die längsten dreißig Sekunden überhaupt.

»Meinetwegen, wenn du das Thema wechseln willst, dann lass uns über Gwaynes Schwester sprechen.«

Er versteifte sich, als er seine Tasse aus der

Maschine zog und sich auf den Honig stürzte. »Was ist mit ihr?«

»Du hast schrecklich viel Zeit mit ihr verbracht.«

Rückblickend hatte er den ganzen verdammten Abend mit ihr verbracht, was für Stefan ungewöhnlich war. »Sie ist interessant.« Die Wahrheit, welche jedoch zu viel verriet.

Seine Mutter wurde still. »Ich habe gehört, ihr Mund war gestern Abend sehr interessant.«

»Mom!«

»Weißt du, wie peinlich es ist, wenn mir jemand sagt, dass mein Sohn sein bestes Stück nicht einen Abend lang in seiner Hose behalten kann!«, schrie sie zurück.

»So weit ist es nicht gegangen.«

»Aber du hast sie verführt. Was erklärt, warum Gwayne nach deinen Absichten gefragt hat.«

Die Antwort *flachgelegt zu werden* würde ihn vermutlich in Schwierigkeiten bringen. »Meine Absichten? Meine Güte, Mom. Es war ein Kuss. Sonst nichts.«

»Das ist irgendwie gefühllos. Ich bin überrascht von dir.«

»Seit wann? Wir wissen alle, dass ich die Hure der Familie bin.« In dem Moment, in dem er es aussprach, schloss er die Augen.

Es wurde still.

Dann sagte seine Mutter: »Das ist ein schmutziges Wort. Es ist nichts Falsches an einvernehmlichem Sex zwischen Erwachsenen.« Eine völlige Kehrtwende, wenn man ihre Tirade bezüglich des Kusses bedachte.

»Das besprechen wir nicht, Mom.«

»Ich hab dich lieb, Stefan, egal was passiert.«

»Ich dich auch.« Das hatte er von dem Tag an getan, an dem sie ihm einen glänzenden roten Apfel und die Gelegenheit gegeben hatte, zu entscheiden, wer er werden würde. Es war nicht ihre Schuld, dass er unterwegs versagt hatte.

»Warum ist sie interessant, dieses Mädchen?«

»Ich weiß nicht. Weil sie es ist.« Und es war auch unmöglich. Wolf. Tiger. Völlig falsch füreinander, und doch passten ihre Lippen perfekt aufeinander.

»Gestern Abend habe ich mit einigen der erwachseneren Leute des Rudels gesprochen. Sie haben mir gesagt, Nimway hätte der Alpha sein können, wenn sie es wollte, aber sie wollte nicht gegen ihren Bruder kämpfen.«

»Weil zu kämpfen eine fantastische Art ist, um einen Anführer zu wählen.«

»Würdest du dich besser fühlen, wenn ich dir sage, dass der Kampf auch eine Wissenskomponente enthält?«

Seine Lippen zuckten unaufgefordert. »Ein Test? Ich kann verstehen, warum sie das nicht tun wollte.«

»All das soll sagen, dass sie niemand ist, mit dem du dich anlegen solltest.«

»Dessen bin ich mir sehr bewusst.« Er wusste bereits, dass sie einen hohen Rang innehatte, so wie sich die Leute ihr beugten. Sie war durchsetzungsfähig. Kontrollierend. Verdammt sexy.

»Bist du dir das? Während du nämlich damit beschäftigt warst, sie verliebt anzustarren, haben sich manche von uns Informationen beschafft. Wusstest du, dass sie zu dritt herrschen? Alpha, Beta und der Omega, der ein älteres Mitglied ist und als der Weiseste im Rudel gilt. In diesem Fall Magda, die keine Verwandtschaft zu Gwayne oder Nimway hat, neunundsiebzig ist und aussieht wie vierzig. Diese drei stellen die Regeln auf und leiten die Gruppe. Um die Regeln des Rudels durchzusetzen, haben sie Quinten.«

»Was zur Hölle ist das?« Das seltsame Wort ergab für ihn keinen Sinn.

»Man könnte sie auch Schutzeinheiten nennen. Zu jeder Zeit ist mindestens eine Quinte im Dienst. Fünf Leute in einer achtstündigen Schicht, während derer sie die Gegend bewachen. Zwei auf Fußstreife. Ein weiteres Paar verbleibt fest in den Außenbezirken ihres Wohngebiets. Und dann gibt es an einem unbekannten Ort eine fünfte Person, die als Knotenpunkt dient.«

»Das alles hast du von den alten Damen erfahren?«

»Dafür bekommst du eine Ohrfeige, wenn ich dich das nächste Mal sehe«, fauchte Mom.

Es gab nicht genügend Koffein auf der Welt, um mit Moms Hochwürgen von Informationen an diesem Morgen umgehen zu können. »Verdammt, es ist zu früh für so etwas, Mom.«

»Was für ein Pech. Wir müssen informiert sein, oder bist du dir aus irgendeinem Grund der Tatsache nicht bewusst, dass wir keine normalen Menschen um Hilfe bitten können?«

»Um Hilfe wobei?«

»Du bist einfach nur stur, um stur zu sein.«

Das war er. Das heiße Mädchen war daran schuld. Er machte sich noch eine Tasse Kaffee. Er sollte wirklich in eine Espressomaschine investieren, um den wirklich großen Koffeinkick zu bekommen.

»Ja, ich bin stur, weil ich nicht bereit bin, diese Fremden als unsere Retter zu akzeptieren. Entschuldige, dass ich ein wenig misstrauisch bin.«

»Misstrauisch hättest du angesichts dieses seltsam gefärbten Makkaroni-Salats sein sollen. Und leugne nicht den großen Löffel, den du dir davon genommen hast. Ich kann nicht glauben, dass du es geschafft hast, zwei Teller mit diesem kaum ausreichenden Gericht zu füllen.« Mom schniefte.

»Entschuldige. Während du neue Worte gelernt hast, habe ich von den Leuten erfahren, die uns beobachten.«

»Und? Was hast du gelernt?«

Dass Nimway heißer war denn je.

KAPITEL ELF

Stefan würde seiner Mutter gegenüber unter keinen Umständen zugeben, dass er Nimway mochte. Allerdings konnte er auch nicht stumm bleiben.

»Ich habe gelernt, dass man Tyson seine Konten in den sozialen Medien wegnehmen muss.«

»Warum? Was hat er getan?«

»Es geht wohl eher darum, was er nicht getan hat. Tyson war indiskret.« Er warf seinen Bruder den Wölfen zum Fraß vor, wenn auch nicht wortwörtlich, anstatt zuzugeben, dass er sich einfach nur mit Nimway unterhalten hatte. Über Essen. Er hatte ihren kurzen und sarkastischen Bemerkungen über die Leute auf der Party gelauscht – welche sie alle kannte.

Die größte Familie, die er sich je hätte vorstellen können. Soweit er sich erinnern konnte, waren es immer nur die Kinder und Mom gewesen. Keine Tanten, Onkel, Großeltern oder Cousins. Niemand außer sie selbst. Das Wolfsrudel mochte vielleicht nicht blutsverwandt sein, aber sie hatten sich aus einem anderen Grund dazu entschieden, eng miteinander verbunden zu sein. Genau wie die Familie Hubbard.

»Glaubst du wirklich, dass sich all diese Leute, die wir gestern Abend gesehen haben, verwandeln können?« Was weniger seltsam klang als *morphen*. Und alles klang besser als *Huanimorph*, ein dämlicher Begriff, der von Moms Bruder Johan Philips geprägt worden war. Ihr Erschaffer hatte ihn verwendet, um eine Verwandlung von Mensch zu Tier zu kennzeichnen. Er hätte es vorher einer PR-Abteilung vorlegen sollen.

»Ich glaube, dass es genügend von ihnen tun, um es für unsere Familie von Vorteil zu machen, eine Bindung mit ihnen anzustreben. Immerhin, wäre es nicht schön, mit jemandem auszugehen, der dein Geheimnis kennt?«, deutete Mom listig an.

Es hatte einen gewissen Reiz. Keine Angst vor der Entdeckung. War es das gewesen, was ihn die ganze Zeit von wahrer Intimität abgehalten hatte?

Schreckliche Angst davor, dass jemand sein Geheimnis entdecken und ihn hintergehen würde? Erneut abgelehnt zu werden? Der kleine Junge, den man praktisch weggeworfen hatte, weil er nicht gut genug war.

Und das trotz der Tatsache, dass er bei seiner Mutter ein besseres Leben hatte. *Es tut weh zu wissen, dass man fehlerhaft ist.*

»Unter der Annahme, dass sie mit uns ausgehen würden. Wir sind nicht wie sie«, erinnerte er seine Mutter.

»Ihr wandelt beide eure Gestalt.«

Sie reduzierte es auf einen sehr allgemeinen Nenner. »Selbst wenn wir die Sache mit gegensätzlichen Spezies ignorieren, vergisst du die Tatsache, dass die Leute in diesem Rudel im Gegensatz zu uns, die in einem Labor geschaffen wurden, so auf die Welt kamen.«

»Genau wie eure Kinder.«

Allein die Vorstellung ließ das Blut in seinen Adern gefrieren. »Ich werde keine Kinder bekommen.« Dieses seltsame Leiden würde er nicht weitergeben.

»Das sagst du jetzt, aber wenn du die richtige Person triffst, wirst du es dir anders überlegen.«

Seine Gedanken wanderten zu Nimway, dann

zögerte er. »Nein. Für eine solche Verpflichtung werde ich niemals bereit sein. Zum Teufel, was denkst du, warum ich mich mit der Anschaffung eines Haustiers zurückgehalten habe?« Obwohl angemerkt werden sollte, dass er es genossen hatte, Nim zu streicheln.

»Du bist so süß, wenn du falschliegst. Eines Tages wirst du dich daran erinnern, das gesagt zu haben, und lachen.«

»Ich werde niemals heiraten Mom.«

»Wenn du das sagst.« Seine Mutter trällerte es förmlich.

Er hasste es, wenn sie das tat. »Bist du dann fertig damit, mir meinen Morgen zu versauen? Denn ich glaube, ich brauche ein sehr fettiges, kohlenhydratreiches Frühstück. Aus einem Imbiss.«

Anstatt über seine Essensentscheidungen zu schimpfen, wurde seine Mutter still, bevor sie sagte: »Genieße dein Frühstück. Ich werde deine Brüder anrufen und ihnen die Neuigkeiten mitteilen.«

»Welche Neuigkeiten?«

»Den anderen Grund für Gwaynes Anruf. Das Valley-Rudel ist bereit, uns in seine Gruppe aufzunehmen.«

»Ach ja?« Dann fügte er misstrauisch hinzu: »Was verlangen die Wölfe im Gegenzug?«

»Das Schwören von Lehnstreue.«

Er schnaubte. »Ich gehe nicht auf die Knie, nur weil irgendein Fellknäuel mit Illusionen darüber, über die Stadt zu herrschen, in unser Leben gekommen ist.«

»Das sind keine Illusionen. Du hast all die Leute auf der Party gesehen. Im Vergleich zu ihnen sind wir nur kleine Fische.«

Bei dieser Erinnerung legte sich seine Stirn in Falten. Das Rudel war seiner Familie zahlenmäßig überlegen, und sollte es sich dazu entscheiden, sie zu vertreiben ... würden Leute verletzt werden. Leute, die er liebte.

»Ich verstehe nicht, warum sie uns nicht einfach in Ruhe leben lassen können.«

»Du weißt warum. Weil wir unvorsichtig waren. Es ist an der Zeit zuzugeben, dass wir nicht wissen, was wir tun, Stefan. Wir sind dieser Sache nicht gewachsen.« Ihr Tonfall wurde sanfter, als sie hinzufügte: »Ich kann nicht erlauben, dass wir vorschnell reagieren und einfach ablehnen. Denk daran, dass es nicht die älteren Kinder sind, um die wir uns Gedanken machen müssen. Was ist mit Tyson und Daphne?«

»Ich werde mich um uns kümmern«, versprach er.

»Wir haben weder gewusst noch geahnt, dass wir beobachtet wurden.«

Eine Erinnerung an sein Versagen. »Ich werde wieder bei euch einziehen.«

»Das wird nichts lösen. Du weißt, dass wir mehr brauchen als das.«

Das tat er, und es machte ihn wütend. »Warum denkst du, dass es uns beschützen wird, Hundepfoten zu schütteln?«

»Das tue ich nicht, aber ich habe keine anderen Ideen. Du?«

Er gab es nur äußerst ungern zu. »Nein.«

»Daphne ist zu klein, um sich selbst zu verteidigen, falls *sie* hinter ihr her sind.«

Sie brauchten keinen Namen. *Sie* stand für die gesichtslosen Ärzte und ihre Lakaien, die sie in Gewahrsam nehmen und in fensterlose Räume stecken würden.

»Das wagen sie besser nicht«, knurrte Stefan.

»Wenn sie diejenigen sind, die uns beobachten, sind wir in großer Gefahr. Diese Leute haben es gewagt, deinen Tod zu beauftragen.«

»Ich weiß.« Seit Stefan davon gehört hatte, hatte er Albträume, wann immer er die Augen schloss. Erinnerungen oder Einbildung? Er konnte es nicht wissen, wenn er mit rasendem Herzen aufwachte.

»Genau wie du weißt, dass wir es uns nicht erlauben können, die Leute abzulehnen, die die Mittel haben, uns zu helfen.«

»Was beinhaltet das Schwören der Loyalität? Eine Zeremonie bei Vollmond?« Er meinte es nur zum Teil als Scherz.

»Eigentlich hat Gwayne eine Hochzeit vorgeschlagen.« Die Bombe explodierte. Er war einen Moment lang erschüttert, bevor er antwortete.

»Auf gar keinen Fall.« Der Ausruf brach aus Stefan heraus. Er fragte nicht einmal, wen sie verschachern wollten. Niemand in seiner Familie würde wie Ware verkauft werden. »Ich kann nicht glauben, dass sie das überhaupt vorschlagen. Ich werde diesem Mistkerl meine Meinung sagen.«

»Stefan, vielleicht solltest du darüber nachdenken.«

»Worüber nachdenken? Dass er Ray oder Jessie dazu zwingen will? Verdammt, was, wenn es Maeve ist? Sie ist zu jung. Und wir wissen beide, dass Pammy nicht auf eine Ehe mit einem Mann steht. Das ist Schwachsinn.«

»Ist es das? Ich persönlich denke, dass er es ernst meint. Er hat seine Schwester als Braut angeboten.«

Eine Sekunde lang stellte er sich selbst als den Bräutigam vor, bevor ihm einfiel, dass er angesichts seiner Probleme niemals beabsichtigte zu heiraten. Damit blieben nur noch Raymond oder Daeve. Inakzeptabel. Stefans plötzlicher Zorn blendete ihn. »Ich muss Schluss machen, Mom.«

»Stefan, warte, da ist noch mehr.«
»Ich will es nicht hören.« Er legte auf.

Es war Zeit, diesem Alpha-Wolf zu sagen, wo er sich seine Loyalitätsforderungen hinstecken konnte.

KAPITEL ZWÖLF

Nimway hörte das Motorrad und dachte sich nichts dabei. Frank, der die Straße hinauf wohnte, fuhr jedes Mal mit seiner Harley, wenn das Wetter gut war.

Die erhobenen Stimmen lockten sie aus ihrem Arbeitszimmer, wo sie einen ungewollten Besucher in der Vorhalle stehen sah, der mit Percy diskutierte.

»Was willst du?« Sie warf Stefan einen finsteren Blick zu, der einen Person, die sie nicht sehen wollte.

»Deinen Bruder sehen. Sofort«, knurrte Stefan, dessen Wut genauso feurig war wie sein Haar. Stefan hielt seinen Motorradhelm in einer Hand und schien sich nicht darüber zu freuen, sie zu sehen.

Was für ein Arschloch.

»Ich habe versucht, ihm zu sagen, dass er vorher hätte anrufen müssen.« Percy hatte seinen Körper gerade genug gedreht, sodass sie Stefan ansehen konnte. Er würde sich nicht rühren, nicht wenn Stefan sich aggressiv verhielt. Als bräuchte sie seinen Schutz.

»Ich habe keine Zeit für diesen Unsinn. Ich will sofort mit ihm sprechen.«

Sofort also?

»Na, du bist aber fordernd.« Sie wedelte mit einer Hand in Percys Richtung. »Ich übernehme das. Mach das Team bereit.« Erst als Percy verschwunden war, fauchte sie: »Was willst du?«

Anstatt zu antworten, stellte er selbst eine Frage. »Ich dachte, das wäre das Haus deines Bruders?«

»Es ist seins. Ich lebe als seine Mitbewohnerin hier. Ist das ein Problem?« Sie zog eine Augenbraue hoch.

»Nein. Wo ist dein Bruder? Wir müssen uns unterhalten.« Immer noch kein Hallo. Kein einziges sanftes Wort, welches ihrem gemeinsamen Kuss gerecht werden würde.

Sie verschränkte die Arme. »Hast du einen Termin?«

»Nein.«

»Dann erklärt das, warum er nicht hier ist, um sich deiner unglaublichen Unhöflichkeit, hier einfach so hereinzuplatzen, zu unterwerfen.«

Das brachte einen finsteren Ausdruck in sein attraktives Gesicht. »Wo ist er?«

»Nicht hier.« Sie genoss es, wie ein Muskel hoch an seinem Wangenknochen zuckte.

»Wann kommt er zurück?«

»Sehe ich aus wie seine Sekretärin?«

»Du bist in dieser Jeans viel zu heiß, um eine Sekretärin zu sein«, knurrte er.

Er knurrte wirklich.

Und es war sexy.

Sie ignorierte es. »Was denkst du, was genau mein Bruder den ganzen Tag lang macht? In seinem Haus rumhängen und nichts tun?«

»Ist er nicht euer Anführer?«, spottete er.

»Selbst ein Alpha hat einen Job. Die Rechnungen bezahlen sich nicht von selbst.« Obwohl sie das konnten, falls es nötig war. Das Rudel hatte die finanziellen Mittel, um denen zu helfen, die schwere Zeiten durchmachten, für gewöhnlich unter dem Deckmantel, dass sie für irgendeinen angeblichen Job eingestellt wurden. Aber sich vor aller Augen zu verstecken bedeutete, die alltäglichen Dinge zu tun, die die Menschen in den Vororten taten, wie zur Arbeit zu gehen und Geld zu verdienen.

»Also arbeitet er, während du zu Hause bleibst.« Er schien dazu entschlossen zu sein, zu streiten. Wer hatte ihm heute Morgen in sein Müsli gepinkelt?

»Ich habe einen Job.«

Er sah zur Tür. »Und dafür sind Muskelmänner zum Schutz nötig?«

Diese falsche Annahme entlockte ihr Gelächter. »Ja, aber nicht aus dem Grund, den du vermutest. Percy ist Teil meines Dachdecker-Teams.«

Er blinzelte sie an. »Deines was?«

»Erinnerst du dich daran, als ich sagte, ich hätte einen Job? Ich leite eine Dachdeckerfirma.«

»Ja klar.« Er betrachtete ihre Hände.

Sie hielt sie hoch. Sauber, aber rauer als die der meisten anderen Frauen. »Mittlerweile übernehme ich mehr Papierkram und Kundenservice, als mir lieb ist, aber im Notfall, wenn wir Not am Mann haben, weiß ich, wie man Asphaltschindel legt und Teer verstreicht.«

»Wenn du Dachdeckerin bist, warum verschwendest du dann das Tageslicht?«

»Von Rechts wegen. Du weißt schon, dass es erst halb acht Uhr morgens ist?«

Er verzog das Gesicht. »Erinnere mich nicht daran. Meine Mutter hat mich in aller Herrgottsfrühe geweckt.«

»Und warum hat sie das nur getan?«

»Weil dein Bruder sie angerufen hat.«

Das überraschte sie, und doch tat es das nicht. Nach ihrem Streit am vergangenen Abend hatte sie auf mehr Zeit gehofft. Sie hätte es besser wissen sollen. »Und worüber haben deine Mutter und mein Bruder gesprochen?« Seinem Zorn nach zu urteilen konnte sie es sich denken.

»Stell dich nicht dumm. Du weißt, dass dein Bruder irgendeinen Schwur der Loyalität von meiner Familie will.«

»Das ist wohl kaum überzogen.«

»Das ist es, wenn wir nicht interessiert sind.«

»Und du sprichst für deine ganze Familie?«

Er presste seine Lippen zu einer dünnen Linie zusammen. »Ich bin kein Narr. Wir wissen beide, dass dein Bruder sich absichtlich auf meine Mutter gestürzt hat. Er hat sie denken lassen, dass es keine andere Wahl für unsere Familie gibt, als uns eurem Rudel anzuschließen.« Sein Tonfall ließ keinerlei Zweifel daran, was er von dieser Idee hielt.

»Mein Bruder hat mit deiner Mutter gesprochen, weil sie offensichtlich die Klügste in ihrer Familie ist, die versteht, dass ihr keine große Wahl habt«, gab Nimway zurück. »Hier sind die Fakten. Das hier ist Wolfsrevier, und auch wenn ihr es geschafft habt, ein paar Jahrzehnte lang unter unserem Radar zu fliegen, ändert das nichts daran, dass wir seit über einem Jahrhundert hier leben. Das ist unser Land, und ihr seid eine Bedrohung.«

»Einen Teufel sind wir.«

»Ihr seid es, besonders angesichts dessen, was vor Kurzem mit deinen Brüdern passiert ist. Ihre Eskapaden haben uns alle in Gefahr gebracht.«

»Es war nicht Rays Schuld. Jemand hat etwas in die Schokolade getan.«

»Ja, und um diese Person haben wir uns gekümmert.«

»Was bedeutet?«

»Was bedeutet, dass derjenige es nicht wieder tun wird, aber es gibt andere Bedrohungen, die beachtet werden müssen. Oder hast du die Leute vergessen, die euch beobachten?«

»Laut dir.«

»Ja, laut mir. Und ich bin diejenige, die dafür sorgen wird, dass sie deine Familie nicht erwischen und uns alle preisgeben.«

»Ich will helfen.« Er ballte die Hände zu Fäusten, während sein Gesicht gewalttätige Züge annahm. Zusammen mit dieser Motorradjacke hatte er einen Sex-Appeal, der in ihr den Wunsch auslöste, schlimme Dinge mit ihm zu tun.

Sie blieb konzentriert. »Leider wird das nicht möglich sein. Du bist nicht Teil des Rudels. Wir lassen keine Außenstehenden in die Angelegenheiten des Rudels eingreifen.« Sie wusste, dass ihn diese Aussage reizen würde.

»Nur, dass es die Angelegenheit *meiner* Familie ist.«

»Die in *unserem* Revier ist«, spottete sie.

»Es ist viel zu früh für diesen Mist.«

»Du bist kein Morgenmensch, oder?«

»Ich führe einen Nachtklub. Donnerstag bis Samstag.«

»Kein Wunder, dass du dich manchmal wie ein dämlicher Student verhältst.«

»Wirfst du mir vor, nutzlos zu sein?«

»Eher, dass du eine Memme bist.« Sie stachelte ihn absichtlich an.

Anstatt wütend zu werden, wurde der Mann jedoch sanfter, machte einen Schritt auf sie zu und lächelte. »Ich schätze, ich wirke mürrisch. Wenn ich zu früh geweckt werde, bin ich ein wenig grantig. Lass uns noch mal anfangen. Oder vielleicht sollten wir dort weitermachen, wo wir gestern Abend aufgehört haben?«

Moment mal, flirtete er? Jetzt, inmitten eines Streits? Dachte er, das würde funktionieren? Dass ihr Slip feucht werden – das tat er – und sie einfach in seinen Armen dahinschmelzen würde?

Unglaublich.

Als er die Hand nach ihr ausstreckte, trat sie zurück und schüttelte den Kopf. »Oh nein. Ich bin keine kleine Sexpuppe, die du nach Belieben ein- und ausschalten kannst.«

Er verzog die Lippen. »Es war einen Versuch wert.«

»Mich zu verführen wird deine Familie nicht von ihren Verpflichtungen befreien.«

Und genauso schnell wetterte er weiter. »Wir sind eurem Rudel gar nichts schuldig.«

»Jammern, jammern, jammern. Das ist alles, was du tust«, schnaubte sie und verdrehte die Augen.

»Nur weil du gut darin bist, vor deinem Bruder den Kratzfuß zu machen, bedeutet das nicht, dass ich oder meine Familie das tun werden.«

»Ich würde schätzen, dass deine Abneigung von allen am größten ist.«

»Eine Untertreibung«, murmelte Stefan.

»Weshalb mein Bruder vorgeschlagen hat, eine Ehe zu nutzen.« Zuerst war sie hartnäckig gewesen. Ausgeschlossen. Es war barbarisch. Altertümlich.

Sie würde sich dem Befehl ihres Bruders widersetzen. Einmal würde sie egoistisch sein und die Bedürfnisse des Rudels ignorieren. Sie war davonmarschiert und hatte ihrem Bruder gesagt, er solle sich seine arrangierte Ehe dorthin stecken, wo die Sonne niemals hin schien. Aber im Bett kamen ihr die Vorteile in den Sinn. Und was war mit dem Vergnügen?

»Niemand wird heiraten.« In diesem Punkt schien Stefan entschlossen zu sein.

Jetzt war sie damit an der Reihe, überzeugend und verdreht zu sein, nur weil er Nein gesagt hatte. »Warum nicht? Es löst so viele Probleme auf einmal. Zum einen muss niemand im übertragenen Sinne den Kratzfuß machen, weil das eheliche Bündnis eine sofortige Bindung zwischen unseren beiden Familien schafft. Zum anderen«, sie zählte einen weiteren Finger ab, »weitet es den umfangreichen Schutz des Rudels auf euch aus. Auch wenn sich der Standort eurer Familie vielleicht ändern muss. Er ist ein wenig zu abgelegen, um ihn vernünftig zu verteidigen.«

»Mom zieht nicht um.«

Erneut passte seine unverblümte Aussage nicht zu dem, was sie wusste. »Bist du sicher? Magda, die sich gestern Abend ausführlich mit ihr unterhalten hat, sagt, deine Mutter hätte darüber gesprochen, dass sie älter wird und nichts dagegen hätte, sich zu verkleinern. Es ist viel Land zu pflegen, und das Haus fällt auseinander.«

»Dann reparieren wir es. Es ist unser Zuhause.«

»Das Zuhause ist dort, wo der Kopf nachts ruht. Und wir haben ein reizendes Häuschen, das gerade auf den Markt gekommen ist. Sichere Gegend, hervorragende Schule, alles ist fußläufig erreichbar, einschließlich medizinischer Versorgung.«

»Wir müssen nicht …« Er hielt inne. »Ihr wollt, dass wir umziehen, damit ihr uns unter eurer Pfote halten könnt.«

»Du bist mit deiner Wohnung nicht betroffen. Von Erwachsenen wird erwartet, dass sie sich um sich selbst kümmern. Wir sprechen von deiner Mutter und den jüngeren Kindern.«

»Ihr wollt sie in ein Haus stecken, wo ihr sie kontrollieren könnt. Wie Sklaven.«

»Wohl kaum wie Sklaven. Sieh es als Vorteil unseres Bündnisses.«

»Jemanden zu verschachern, selbst unter dem Deckmantel der Ehe, ist widerlich und kein Preis.«

»Es sei denn, es ist nur auf dem Papier.«

»Ha, als würde ich das glauben. Niemand heiratet meine Schwestern und missbraucht sie.«

»Hast du nicht gehört? Ich bin die Braut, und ich habe eher daran gedacht, mich mit einem Bruder zusammenzutun.« Sie tippte sich an ihr Kinn.

Er sah wütender aus denn je. »Du hast kein Problem damit, verkauft zu werden? Und ich dachte, meine Mutter würde Schwachsinn erzählen. Ich habe dich kennengelernt. Es ist ausgeschlossen, dass dich jemand zur Ehe zwingt.«

»Wer sagt, dass ich gezwungen werde? Mir kam

in den Sinn, dass es mir nützlich sein könnte, einen Mann zu haben, besonders da mein Bruder dann aufhören wird, mir mit der Zeugung eines Erben auf die Nerven zu gehen. Ich bin kein Zuchtvieh«, grummelte sie. »Eine arrangierte Ehe, die nur auf dem Papier besteht, wird solchen Gesprächen ein Ende bereiten.«

»Moment, willst du etwa sagen, dass du heiraten willst, damit du kein Kind bekommen musst?«

»Es ist irgendwie schwierig, schwanger zu werden, wenn es keinen Sex gibt.«

Seine Augenbrauen schossen in Richtung der Decke. »Du kannst nicht ernsthaft erwarten, dass dich jemand heiratet und für immer den Sex aufgibt.«

Diese Aussage war interessant. Bedeutete das, dass Stefan in einer verpflichteten Beziehung an Monogamie glaubte? Und dass sie sexy genug war, dass es nicht machbar wäre, sie nicht zu berühren? Am Abend zuvor hatte er sie jedenfalls mit großer Freude berührt.

»Es wäre eine offene Abmachung, die extreme Diskretion erfordern würde, da mein Bruder der Idee vielleicht nicht allzu offen gegenübersteht, wenn er herausfindet, dass es ein Schwindel ist.«

Stefan wurde hart. »Und welchen meiner Brüder willst du verarschen? Ich bin mir ziemlich sicher, dass Anika ein Problem damit hätte, wenn Dominick sie sitzen lässt, um eine andere zu heiraten. Und Ray kannst du nicht haben. Du würdest ihn bei lebendigem Leibe fressen.«

»Es gibt da noch einen.«

»Daeve ist nicht an dem interessiert, was zwischen deinen Beinen ist.«

»Ich habe nicht von ihm gesprochen.«

Er runzelte die Stirn. »Tyson ist erst sechzehn.«

»Ihn meine ich auch nicht. Denk genau nach, Baby. Wer ist in deiner Familie sonst noch im heiratsfähigen Alter, der nichts dagegen hätte, eine sich einmischende Mutter loszuwerden, der es meiden würde, jemandes Füße zu küssen, und automatisch Ansehen im Rudel hätte?«

»Ich?« Seine Augenbrauen landeten fast auf seiner Stirn. »Niemals! Auf gar keinen Fall. Das werde ich nicht tun.«

»Meine Güte. Was für eine Laune. Wirst du als Nächstes auf den Boden aufstampfen und darüber weinen, dass das Leben unfair ist? Vielleicht mit ein paar Dingen um dich werfen? Ich würde mit dieser Statue da drüben anfangen. Sie ist mehr oder weniger bruchsicher.«

Er funkelte sie an. »Nicht witzig.«

»Und du solltest eigentlich erwachsen sein.«

»Meine Wut ist nicht kindisch.«

»Eigentlich wird sie langweilig. Also lass uns das ein für alle Mal beenden. Willst du mich heiraten, Stefan Hubbard, und dich meinem Rudel anschließen, oder fährst du nach Hause, stellst ein *Zu-Verkaufen*-Schild auf und schaffst deinen Hintern aus unserem Revier heraus?«

Sie erwartete wirklich, dass er durch diese Tür stapfen würde.

Nur tat der Mann nie das, was sie erwartete.

Er packte sie und zog sie an sich, wobei er an ihren Lippen murmelte: »Oh, ich will dich heiraten, Schätzchen, aber nur unter einer Bedingung. Es wird Sex geben. Und zwar viel davon.«

KAPITEL DREIZEHN

Es war verdammt noch mal verrückt. Stefan hatte zugestimmt, Nimway zu heiraten, einen Wolf, der ihn verrückt machte – mit Leidenschaft –, aber wenn er es tat, würde er jeden Zentimeter dieses reizenden Körpers vögeln und lecken.

Sie hatte jedoch darauf bestanden, es nur auf dem Papier zu haben. Er wartete auf ihren Widerspruch. Ihr Gelächter. Zorn.

Nimway sagte: »Meinetwegen.«

Nur meinetwegen, und es reichte für ihn aus, sie zu küssen, als die Leidenschaft noch schneller als zuvor aufflammte. Wie konnte es sein, dass seine Kleidung kein Feuer fing?

Er hielt sie fest an sich gedrückt, seine Hände auf ihrem Hintern, während sie sich an ihm rieb. Sie summte in seinen Mund. Stöhnte ihre Zustimmung. Ihr Verlangen.

Aber als er sie genau dort im Flur genommen hätte, beendete sie die Sache. »Nicht, bis du mir einen Ring angesteckt hast.«

Worte, die jeden Mann in die Flucht schlugen. Sie hätten sein Blut gefrieren lassen sollen. Seinen Selbsterhaltungstrieb wecken sollen. Wie oft hatte er diejenigen verspottet, die sich willentlich für diesen Mühlstein am Hals entschieden?

Es war Wahnsinn, und dennoch unternahm er nichts, um es aufzuhalten. Stattdessen fachte er ihrer beider Erregung weiter an, indem er sie auf seinem Schoß hielt, während sie einige Nachrichten verschickte, um das Team anzuweisen, ohne sie zu arbeiten. Ein paar Telefonate und E-Mails später – wobei er so hart geworden war, dass es wehtat – hatte sie alles arrangiert. Sie mussten nicht die übliche Zeitspanne abwarten. Nimway kannte scheinbar einen Kerl, der ein Mädchen kannte, das ihnen innerhalb weniger Stunden eine Heiratserlaubnis beschaffen konnte.

Mit Kopien ihrer Ausweise und der Papiere rasten sie in die Innenstadt zu einem Standesbeamten und sprachen ihre Gelübde. Zum Glück befragte ihn direkt danach niemand nach den Details. Er hatte nur Augen für sie.

Seine Braut.

Dann plötzlich seine Ehefrau.

Noch vor der Mittagszeit waren sie verheiratet. Die Geschwindigkeit seiner leichtsinnigen Entscheidung machte ihn benommen. Aber das hielt ihn nicht davon ab, den Schlüssel zu einer luxuriösen Suite im Chateau Laurier anzunehmen, die ihnen mit einem unverschämten Zuschlag für verfrühten Zugang vermietet wurde.

Sie hätten mehr verlangen können, und er hätte es bezahlt. Alles, um den Druck in ihm zu mindern.

Nimway hatte die Schlüsselkarte und ging mit schwingenden Hüften voran. Er stürzte auf sie zu und hob seine Braut – die eine weiße Jeans, einen weichen, cremefarbenen Pullover und große Creolen trug – in seine Arme, was sie überraschte.

»Was tust du da?«

»Meine Braut tragen. Ist das nicht Tradition?«

»Nur, wenn man sie über die Türschwelle trägt.«

Anstatt zu antworten, küsste er sie. Diesmal richtig, da der Kuss vor dem Standesbeamten in Drohungen und der Forderung endete, dass sie Platz für die Nächsten machten.

Es war eine Qual, wie sie sich auf dem Weg zum Hotel an seinen Rücken geschmiegt und sich an ihm festgehalten hatte, während er sein Motorrad fuhr. Wäre das Hotel weiter entfernt gewesen, hätte er sich vielleicht eine Gasse gesucht.

Zu denken, dass sie sich vorgestellt hatte, sie könnte ihn darum bitten, sie zu heiraten, und von ihm erwarten, sie nicht zu berühren. Sie war dieser frisch glasierte Kuchen, der einfach darum bettelte, dass man mit dem Finger probierte. Etwas, dem man nicht widerstehen konnte.

Er hielt sie weiter in seinen Armen, als sie den Aufzug betraten, als wöge sie nichts. Sie klammerte sich an ihn, wozu sie zu einem Wesen, einem Verlangen verschmolzen. Es war gut, dass sie schnell in ihrem Stockwerk ankamen, denn ansonsten hätte das Öffnen der Türen unfreiwilligen Zuschauern eine alles andere als jugendfreie Szene offenbart.

Ohne gegen jegliche Wände zu laufen, navigierte er sie beide zu ihrem Zimmer, ohne sie dabei abzusetzen. Als Bonus stieß er sie außerdem gegen keine harten Kanten und verlor auch nicht den Kontakt zu ihren Lippen.

Sie war diejenige, die die Karte gegen das Schloss hielt, bevor sie die Klinke herunterdrückte. Erst als sie das Zimmer betreten und die Tür geschlossen hatten, an der ein *Bitte-nicht-stören*-Schild hing, setzte er sie auf ihre Füße.

»Du hast mich über die Schwelle getragen. Wie traditionell«, neckte sie ihn.

»Sagt die Frau, die alte Perlen und einen neuen Pullover zu tragen scheint. Fehlt nur etwas Blaues.«

Sie knabberte an seinem Kiefer, als sie flüsterte: »Was denkst du, welche Farbe mein Slip hat?« Dann leiser und heiserer: »Ehemann.«

Verdammt. Bisher war es für ihn nicht real gewesen. Nicht, als er die Papiere ausfüllte. Auch nicht vor dem Standesbeamten. Aber sie hatte ihn *Ehemann* genannt. Sie trug den Ring, den sie spontan in dem ersten Juweliergeschäft gekauft hatten, das sie betraten – aus Weißgold und mit einem Topas.

An ihrem Ringfinger.

Es war zu spät für einen Rückzieher. Aber das wollte er auch nicht.

Meine Frau.

Sein Verstand war wie betäubt, aber seine Hände wussten, was zu tun war, als er sie entkleidete. Die Kleider verschwanden. Kein Zögern. Nur reines, hektisches Verlangen auf beiden Seiten.

Hände streiften über Haut. Lippen trafen aufeinander und als sie sich öffneten, spielten ihre Zungen miteinander. Stolpernd schafften sie es irgendwie, das Bett zu finden. Nimway landete auf dem Rücken mit ihm auf ihr, wobei er sie praktisch einrahmte. Seine Erektion baumelte schwer zwischen seinen Beinen. Er wollte nichts mehr, als sie zu vögeln.

In sie einzudringen, bis sie seinen Namen schrie.

Und doch hielt er inne, da er ihre Erregung riechen konnte.

Er konnte ihren attraktiven Moschusduft riechen. Sein Mund sehnte sich nach einer Kostprobe. Eine Berührung zwischen ihren Oberschenkeln und seine Finger trafen auf ihre honigsüße Feuchtigkeit. Er leckte sich seine Finger.

»Mmm«, brummte er, als er ihren schweren Blick erwiderte.

Ihre geschwollenen Lippen öffneten sich. »Mehr.« Eine Einladung, die mit einem Wackeln ihrer Hüften einherging.

Scheiße ja, mehr. Mit der Spitze seines Schwanzes rieb er an ihrer Klitoris und sah zu, wie seine dicke Erektion darüberstrich, was sie unruhig werden ließ. Er konnte ihre Schamlippen sehen, die Haare darüber waren kurz, aber in Form eines Streifens gehalten, was ihm gefiel.

Er schlug seinen Schwanz ein paarmal auf ihre Klitoris. Sie zuckte und wölbte den Rücken, was seine Aufmerksamkeit auf ihre Brüste lenkte. Die knospenartigen Brustwarzen verlockten ihn.

Er stützte sich auf den Unterarmen ab und hielt seine Erektion so positioniert, dass sie weiter an ihrer Klitoris rieb, während er sich vorbeugte und eine Spitze in den Mund nahm.

Sie gab ein langes Stöhnen von sich.

Schön.

Mit der Kante seiner Zähne streifte er leicht die härter werdende Brustwarze. Sie zog sich zusammen und er saugte daran.

Nimway keuchte und ballte die Hände in der Tagesdecke des Bettes zu Fäusten, während sie den Rücken wölbte und ihre Brust tiefer in seinen Mund schob, woraufhin er begierig daran leckte.

Saugte.

Er zog mit seinem Mund daran, als sie aufschrie, und ließ seine Zunge um die harte Knospe tanzen. Er biss hinein, während seine Erektion sie reizte. Beinahe verlor er den Verstand, als sie ihre Beine um ihn legte, ihn zwischen ihren Oberschenkeln gefangen nahm und damit seinen Schwanz zwischen ihren Körpern festhielt.

»Nimm mich, mein Ehemann«, neckte sie ihn. »Nimm deine Frau.«

Die Worte ließen ihn nur weiter anschwellen. Er positionierte sich, bis die Spitze seiner Erektion ihre Schamlippen teilte.

Ihre Beine spannten sich um ihn herum an, zogen ihn tief hinein und ließen ihn in ihr versinken. Vollständig. Perfekt. Stefan stöhnte und knurrte, als sich ihre Muskulatur um ihn zusammenzog. Sie drückte ihn, woraufhin er fast kam. Er zog sich zurück und stieß dann so tief er konnte hinein, um sich in ihr zu vergraben. Nimway neigte die Hüften und zitterte.

Stefan zog sich heraus, bis zur Spitze, dann drang er tief ein. Sie grunzte.

Er stieß erneut zu, wobei er genau die richtige Stelle berührte.

Immer und immer wieder traf er sie, während sie schrie und sich an seinen Rücken klammerte. Ihn dazu drängte, härter zu sein. Schneller.

Er konnte nicht anders, als ihr zu gehorchen, sich an ihr zu reiben und sie vor Lust wimmern zu lassen. Das Geräusch wurde immer lauter, bis sie mit einem erstickten Schrei kam. Und er kam mit ihr.

Zu spät bemerkte er, dass sie kein Kondom benutzt hatten. Genauso wenig hatten sie besprochen, was nach der Zeremonie geschehen würde.

Aber eine Sache wusste er. Er hatte diese Frau geheiratet und die Ehe vollzogen, was sie zu seiner rechtmäßigen Ehefrau machte. Bis dass der Tod sie schied.

Es fühlte sich richtig an.

Als er sie küsste, wurde er in ihr steif und begann, sich wieder zu bewegen.

Sie quiekte: »Schon?«

Ja. Und auch wenn es etwas länger dauerte, sie zum Höhepunkt zu bringen, war es überwältigend, als sie kam, seinen Namen schrie und ihre Fingernägel in seinem Rücken vergrub.

Nach zwei Orgasmen lagen sie gemütlich im Bett, wo sie von dem Tablett des Zimmerservice aßen, welches sie bestellt hatten. Eine Dusche führte zu einer dritten Runde, woraufhin sie nackt und mit ineinander verschränkten Gliedmaßen erneut im Bett landeten.

Sie hatten noch nicht miteinander gesprochen, als wollte keiner von ihnen diesen idyllischen Moment ruinieren, aber sie konnten nicht ewig schweigen. Aber vielleicht könnten sie einen Fantasietag haben, bevor sie sich der Realität stellten.

Gerade als er darüber nachdachte, ihnen ein Bad einzulassen, klingelte sein Handy ohne Unterlass.

Moms Klingelton.

Er ignorierte es. Wenn er nackt mit seiner Frau im Bett lag, war es nicht der richtige Zeitpunkt, um mit seiner Mutter zu telefonieren. Besonders da sie ausrasten würde, dass sie der Zeremonie nicht hatte beiwohnen dürfen.

Es hörte nur für eine Sekunde auf, bevor es wieder einsetzte.

Das konnte nur eine Sache bedeuten.

Probleme.

KAPITEL VIERZEHN

Stefans Körper spannte sich an, als er den Anruf entgegennahm. Er bemühte sich nicht um Höflichkeiten, sondern kam direkt zum Punkt. »Was ist los?«

»Tyson ist weg.« Ein panischer Schwall von Worten seitens seiner Mutter, den Nimway problemlos hören konnte.

Sie setzte sich in Bewegung. Sie nahm ihr Handy und schickte eine Nachricht an die Rudelgruppe: *Tyson Hubbard. Standort.*

Während sie wartete, lauschte sie mit einem Ohr Stefan.

»Was meinst du mit weg?«, rief Stefan, als er sich aus dem Bett rollte, schlank und sexy. Er stellte die Unterhaltung auf Lautsprecher, bevor er das Telefon auf das Bett warf. Er brauchte seine Hände, um seine Kleidung zusammenzusuchen.

»Ich weiß nicht, wo er ist!«, schnaubte seine Mutter erregt.

»Warum denkst du dann, dass er verschwunden ist?« Stefan hielt inne, sein Hemd in der Hand, während er auf eine Antwort wartete. Die Augenweide war angenehm, weshalb sie ihn unverblümt anstarrte.

»Ich habe eine Nachricht bekommen, in der stand: *Kinder in Gefahr. Im Haus lassen*. Aber ich habe sie zu spät gelesen. Tyson hatte das Haus schon verlassen und er geht nicht an sein Handy.«

»Da könnte sich auch jemand einfach einen Scherz mit dir erlauben«, schlug Stefan vor.

»Was, wenn nicht? Was, wenn –«

Ihre Stimme brach abrupt ab. »Mom? Verdammt. Das Gespräch wurde unterbrochen.« Stefan betrachtete mit gerunzelter Stirn sein Handy. »Das ist seltsam. Kein Empfang.«

»Wir können in zwanzig Minuten da sein, wenn wir uns beeilen«, sagte sie, während sie sich fertig anzog. Sie hatte noch keine Antwort vom Rudel bekommen.

»Vierzehn, wenn wir keine roten Ampeln haben oder die Polizei auf uns aufmerksam wird.« Er zog sich seine Schuhe an, als sie versuchte, eine weitere Nachricht zu schicken.

Es funktionierte nicht. Kein Empfang. Vielleicht befanden sie sich in einem Funkloch.

Stefan murmelte mit eiserner Miene: »Ich schwöre, wenn dieser Junge wieder losgezogen ist und Katzenminze raucht, werde ich ihn grün und blau schlagen.«

»Ist er eurer Mutter schon jemals weggelaufen?«

»Nur dieses eine Mal. Verdammt. Ich hoffe, dass es etwas Dummes ist und er sich nur einen Rausch verschafft.«

»Wir werden ihn finden.«

»Wer wir?«

Sie rollte beinahe mit den Augen und erinnerte sich daran, dass er noch nicht völlig verstanden hatte, wie das Rudel funktionierte. »Das Rudel wird dabei helfen, ihn zu suchen.«

»Er ist vermutlich im Wald«, bemerkte Stefan, als sie das Zimmer verließen.

Und doch konnte er seine Angst nicht völlig verbergen, dass möglicherweise etwas passiert war. Sie konnte nur hoffen, dass diese Sorge unbegründet und dass Tyson nicht entführt worden war, denn das würde die Dinge verkomplizieren. Sicherlich war die Nachricht, die seine Mutter bekommen hatte, nur ein Scherz. Das Rudel würde sie verfolgen und der

Witzbold würde eine ordentliche Standpauke bekommen.

Sie sah auf ihr Handy. Immer noch keine Balken.

Die Aufzugtüren öffneten sich fast in dem Moment, in dem sie den Knopf drückten. Als sie einstiegen, murmelten andere Gäste bereits über ihre Handys und den fehlenden Empfang. Gut zu wissen, dass sie nicht die Einzigen waren, auch wenn es nervig war, so abgeschnitten zu sein. Sie hatte nicht erkannt, wie sehr sie auf ihr Telefon und die Verbindung angewiesen war. Sie waren praktisch blind unterwegs.

Als sie das Hotel verließen, unterhielten sich die Leute in der Eingangshalle und an der Rezeption lautstark über die ausgedehnte Funkstörung, die sich scheinbar über die ganze Stadt erstreckte. Ein Zeichen, dass etwas Böses im Gange war? Wie schwierig wäre es, den Handyempfang und das Internet zu stören? Sie hatte keine Ahnung und genauso wenig wusste sie, ob es ein koordinierter Plan war, um Jagd auf sie zu machen. Nimway konnte ihren Bruder nicht anrufen, um ihn zu warnen, nicht einmal, um sich selbst zu beruhigen. Was, wenn er sie brauchte?

Stefan brauchte sie auch.

Rudel oder Ehemann?

War Stefan jetzt nicht Teil des Rudels?

Die Entscheidung zerriss sie, aber sie wusste, was sie zu tun hatte.

Nimway hielt sich an ihrem frischgebackenen Ehemann fest, während sie von der Innenstadt Ottawas nach Richmond rasten. Sie hatte keine Angst, als er sich tief in einige der Kurven legte. Sie machte es ihm nach und sie waren eins mit der Maschine, so aufeinander abgestimmt, dass es unheimlich war.

Hatte sie ihn deshalb geheiratet? Denn sie war entschlossen dagegen gewesen, als ihr Bruder es vorschlug. Sie hatte ihm gesagt, er solle sich seine Idee sonst wohin stecken, nur um sich umzudrehen und die ganze Sache praktisch selbst zu arrangieren. Sie hatte Gefallen eingefordert und das Unvorstellbare getan. Sie hatte ihn nicht einfach nur geheiratet …

Ich habe auch mit ihm geschlafen.

Eigentlich wurde dabei nicht geschlafen. Sie hatte ihm ohne Kondom das Gehirn rausgevögelt.

Und sie würde ihn erneut vögeln, denn verdammt, warum sollte es ihr nicht erlaubt sein, es zu genießen? Obwohl sie sich ein wenig schuldig fühlte. Während sie dieses Motelzimmer mit Orgasmen eingeweiht hatten, war sein Bruder vielleicht entführt worden. Wenn man der anonymen Nachricht Glauben schenken konnte.

Könnte der Junge sie veräppeln? Ihnen einen gemeinen Streich spielen? Wenn das der Fall war, hätte er sich eine Tracht Prügel verdient. Sie wusste, dass eine solche Sache im Rudel nicht ungestraft bliebe.

Aber was, wenn es echt war? Was, wenn der Junge entführt worden war? Was, wenn die ganze Familie Hubbard in Gefahr war? Immerhin, wenn jemand die Eier hatte, ein Kind zu entführen, warum nicht sie alle?

Allein die Vorstellung ließ sie erschaudern, da die Hubbards das Rudel offenbaren und sie alle in größte Gefahr bringen könnten. Guter Gott, ihr wurde übel, als sie erkannte, dass die Notfallevakuierung, auf die sie sich ihr ganzes Leben lang vorbereitet hatten, möglicherweise zum Einsatz käme.

Deshalb klammerte sie sich an ihren Mann, während er nach Hause raste. Sie musste herausfinden, was mit Tyson passiert war – Scherz oder Bedrohung –, und dann dafür sorgen, dass das Rudel mit den richtigen Informationen fortfahren konnte.

Als sie in die Auffahrt fuhren, bemerkte sie den vor dem Haus geparkten hellblauen Minivan, den violetten Jeep und eine viertürige, grau lackierte Hyundai Limousine. Bevor das Motorrad überhaupt zum Stehen gekommen war, lief die älteste Hubbard mit tränennassem Gesicht aus der Tür.

»Stefan!«

»Ich bin hier, Mom«, sagte Stefan, während er den Helm abnahm. »Wir werden ihn finden. Wo sind alle anderen?«

Mit einer Stimme, die durch das Weinen ganz heiser war, antwortete Nanette Hubbard: »Dominick ist mit Maeve im Wald. Raymond ist im Keller und faselt etwas von Wanzen. Anika sitzt bei Daphne und Pammy. Pammy ist völlig durcheinander.«

Ihre ältere Schwester war nicht die Einzige.

»Erzähl mir noch einmal, was passiert ist.« Stefan hatte seine Mutter erreicht und nahm ihre Hände, um sie zu stützen. Es half nicht, dass die Frau bereits einer ausgewachsenen Panik erlegen war.

»Ich weiß es nicht«, jammerte sie. »Im einen Moment kam Tyson von der Schule nach Hause, und im nächsten nahm er mit seinem Fahrrad die Abkürzung, um sich mit den Jungs zu treffen.«

»Welche Abkürzung?«, unterbrach Nimway sie.

Stefan zeigte hinter sich auf den Wald. »Man spart sich fast einen halben Kilometer zum Laden an der Ecke, wenn man den Weg durch den Wald nimmt.«

»Das tut er ständig. Und es ist erst eine Stunde her, seit er los ist. Ich habe mir nichts dabei gedacht«, gab Nanette zu, wobei sie den Kopf hängen ließ. »Ich hätte mir während der nächsten Stunden nicht einmal Sorgen gemacht, wenn ich diese Nachricht nicht bekommen hätte.«

»Kann ich sie sehen?«, fragte Stefan.

Nanette reichte ihm ihr Handy, auf dem die Nachricht bereits geöffnet war. Schlicht. Auf den Punkt.

Kinder in Gefahr. Im Haus lassen. Von einer unterdrückten Nummer.

»Das ist recht vage«, merkte Nimway an.

»Sie hat recht, Mom. Das klingt mehr als alles andere danach, als würde dich jemand auf den Arm nehmen.«

»Warum geht er dann nicht an sein Handy?«

»Vermutlich weil es gerade nicht funktioniert?«, schlug Stefan vor.

»Ich sage dir, irgendetwas stimmt nicht«, weinte Mrs. Hubbard.

Man sollte nie das Bauchgefühl einer Mutter unterschätzen. Nimway wusste es besser, aber dennoch hatte sie die Pflicht, die richtigen Fragen zu stellen. »Ist er der Typ für Streiche?«

Die Mutter schüttelte den Kopf. »Nicht bei so etwas.«

Stefan hingegen zog seine Schultern zurück. »Du kannst dir nicht sicher sein, Mom. Ich meine, denk nur an die Probleme, die du mit ihm hattest. Das Kiffen. Die E-Zigaretten. Der Alkohol.«

»So etwas machen Teenager nun mal. Es ist normal zu experimentieren.«

»Meinetwegen, das kann schon sein, aber in der Schule wird er in Prügeleien verwickelt und er wurde beim Klauen erwischt.«

Mrs. Hubbard sah jämmerlich aus, als sie flüsterte: »Er sagt, er wollte dafür bezahlen.«

»Dinge, die man kaufen will, steckt man sich nicht in die Taschen, Mom, und das weißt du.«

Der Kopf der Frau sank noch tiefer. »Er rebelliert, ja. Aber er ist ein guter Junge. So etwas würde er nicht tun.«

Aus irgendeinem Grund glaubte Nimway ihr, und wenn es stimmte und er entführt worden war, dann war Zeit von äußerster Wichtigkeit. »Wie lange ist es her, seit er verschwunden ist?«

»Ich weiß es nicht genau. Es war, kurz nachdem er von der Schule nach Hause kam.«

»Und Sie sagen, er ist in den Wald?«

Nanette nickte. »Mit seinem Fahrrad. Das tut er ständig.«

»Dann sollten wir ihn verfolgen können.«

»Das tun Dom und Maeve gerade. Sie kamen fünf Minuten vor euch an und sind sofort losgezogen. Raymond wollte seine Drohne benutzen, hat dann aber angefangen, seinen Computer anzubrüllen. Scheinbar funktioniert das Internet nicht.«

»Weshalb er ausflippt.« Für Raymond war sein Netzwerk seine Augen und Ohren.

Ein Wagen parkte in der Auffahrt und zwei Mitglieder des Rudels stiegen aus. Nimway winkte ihnen zu und rief: »Funktionieren eure Handys?«

»Nein.« Dayna war an der Spitze. Sie wedelte mit ihrem Mobilgerät. »Ich habe versucht, die Zentrale zu erreichen, aber unsere Leitungen sind tot. Wir haben euch zufällig während unseres Wachdienstes vorbeischießen sehen, weshalb wir hergekommen sind, um nachzusehen, was los ist.«

»Tyson wird vielleicht vermisst. Habt ihr ihn gesehen?«

Dayna schüttelte den Kopf. »Nicht auf unserem Straßenstück. Es kamen uns allerdings ein paar Schulbusse entgegen.«

Nimway schürzte die Lippen. »Wir müssen ihn finden. Zuletzt wurde er gesehen, wie er im Wald verschwunden ist. Er trägt ...« Sie sah die ältere Hubbard an.

Nanette sammelte sich so weit, dass sie antworten konnte: »Einen roten Kapuzenpullover, eine schwarze Jeans und seine Baseballkappe der Ottawa Senators. Sein Fahrrad ist neongrün.«

»Haben Sie etwas, das er vor Kurzem getragen hat?«, fragte Nimway.

»Seine Sporttasche steht im Flur«, antwortete Mrs. Hubbard, die ihre Hände wrang.

»Das wäre perfekt.«

Stefan starrte Dayna und Jack an, als diese ihre Gesichter in der stinkenden Tasche mit Kleidungsstücken vergruben. Ohne ein Wort zu sagen, marschierten sie auf zwei Beinen in Richtung des Waldes. Sie wussten, was zu tun war. Sie würde sich ihnen in Kürze anschließen.

»Bleibst du hier bei deiner Mutter, für den Fall, dass er zurückkommt, oder kommst du mit mir?«, fragte sie ihren Mann, da er keinerlei Anstalten machte, sich zu bewegen. »Du musst nicht. Wenn drei Wölfe nicht einen Jungen aufspüren können, dann sollten wir uns nicht als Jäger bezeichnen.«

Er wirkte angespannt, als er sagte: »Ihr werdet euch in Wölfe verwandeln?«

»In dieser Gestalt können wir besser die Witterung aufnehmen und sind schneller. Wenn du mitkommst, schlage ich vor, dass du dasselbe tust und dich in deinen Tiger verwandelst.«

»Verwandeln? Einen Teufel werde ich tun.« Er schüttelte den Kopf. »Mein Tiger wäre nutzlos. Ich kann ihn nicht kontrollieren.«

»Das hast du schon mal behauptet. Das liegt vermutlich an der Katzenminze. Du kannst dich nicht berauschen und erwarten, einen klaren Kopf zu haben. Es ist, als wärst du betrunken.«

»Ohne kann ich mich nicht verwandeln.«

Sie rümpfte die Nase. Sie mussten sich wirklich über seinen Glauben unterhalten, dass er nur mit Katzenminze seine Gestalt ändern konnte. Aber nicht in diesem Moment. »Wenn du dich nicht verwandeln wirst, dann bedeutet das wohl, dass du hierbleibst.« Die letzten Worte klangen vielleicht ein wenig spöttisch.

»Ich verstehe nicht, was ihr durch das Herumlaufen im Wald erreichen wollt, wenn er entführt wurde.«

»Es ist besser, als zu meckern und nichts zu tun.«

Er presste seine Lippen zu einer dünnen Linie zusammen. »Du denkst, ich bin nutzlos.«

»Ich denke, es ist ein Wunder, dass deine Familie so lange durchgehalten hat«, gab sie zurück, wobei sie sich nicht sicher war, weshalb sie wütend wurde. Sie marschierte davon und spürte seinen brennenden Blick in ihrem Rücken.

So viel dazu, dass ihre Ehe einen Tag lang hielt. Wenn es so weiterging, wären sie bis zum nächsten Morgen bereits wieder geschieden.

KAPITEL FÜNFZEHN

Nimway lief los, wütend und steif. Stefan wäre ihr beinahe gefolgt. Stattdessen zündete er sich eine Zigarette an, während seine Mutter ihn finster ansah.

»Das war unhöflich von dir. Sie versucht zu helfen.«

»Es zu befürworten, zu der Sucht zurückzukehren, die ich endlich unter Kontrolle habe, hilft mir nicht.«

»Ist Katzenminze eine solche Droge für dich?«, fragte seine Mutter mit vor Sorge zusammengezogenen Augenbrauen.

»Sie macht unglaublich süchtig. Und sie ist beängstigend, weil man nie weiß, wo man aufwachen wird. Man weiß nicht, was man getan hat.« Es blieben nur Erinnerungen, die Albträumen ähnelten, wenn man sich zu sehr auf sie konzentrierte.

»Das wusste ich nicht«, erwiderte seine Mutter.

»Das solltest du auch nicht.« Denn er hatte es nie einer Menschenseele erzählt. Er hatte versucht, seine Dämonen an der kurzen Leine zu halten.

»Ich wünschte, ich hätte es gewusst, denn du hättest nicht allein leiden sollen«, merkte Mom an. »Und deshalb solltest du mit deinen Geschwistern darüber reden. Es hilft ihnen vielleicht dabei, mit ihren eigenen Veränderungen umzugehen, und man kann nie wissen ... vielleicht wird es auch dir helfen.«

»Ich weiß nicht, ob ich das kann.« Die schlimmsten Momente seines Lebens ans Licht holen. Die Tiefpunkte zuzugeben, an die er nur für den Rausch gesunken war. Das konnte er nicht. Er konnte es nicht ertragen, den Abscheu und das Mitleid in ihren Augen zu sehen.

»Egal was passiert, wir werden dich immer lieben. Wir würden dich niemals verstoßen.« Mom drückte ihre Hand auf seinen Arm. »Wann wirst du erkennen, dass du nicht allein bist?«

Er wusste, dass er das nicht war. Nicht nur hatte er eine Familie, der er sein Geheimnis hätte anvertrauen sollen, er hatte auch eine Frau, die in den Wald gegangen war, um nach seiner Familie zu suchen, weil er Angst hatte. Angst, weil er etwas in sich hatte, das er nicht verstand. Eine Bestie, die er nicht kontrollieren konnte.

Vielleicht war es an der Zeit, dass er es versuchte.

»Ich sollte Suppe kochen, damit wir etwas zu essen haben, wenn sie zurückkommen.« Mom eilte davon, da sie sich beschäftigen musste, um in ihrer Panik nicht zusammenzubrechen.

Stefan zündete mithilfe der ersten eine zweite Zigarette an und starrte nachdenklich den Wald an. Es hatte keinen Sinn, wenn noch eine weitere Person in diesem Wald herumlief. Wenn Tyson entführt worden war, dann würden sie ihn nicht finden, was bedeutete, dass eine Suche mehr oder weniger sinnlos war. Sie mussten herausfinden, wohin er verschwunden war.

Normalerweise hätte er Raymond angewiesen, Tysons Handy zu orten, wie sie es beim letzten Mal getan hatten. Aber sein Telefon hatte noch immer keinen Empfang, was bedeutete, dass Raymond nicht viel unternehmen konnte. Stefan blieb nichts übrig, als seine Machtlosigkeit zu hassen.

Daphne kam aus dem Haus, einen struppigen Stofftiger an ihre Brust gedrückt, den Stefan für sie gewonnen hatte, als sie sich auf dem Jahrmarkt das Knie aufgeschrammt hatte. Er hatte ihre Tränen getrocknet, indem er genügend Pfeile warf – und für jede Runde fünf Dollar bezahlte –, bis er viel zu viel Geld für das gestreifte Tier bezahlt hatte, da ihr nur ein Tiger recht gewesen war. Ein Zufall, oder wusste seine kleine Schwester mehr, als sie durchblicken ließ?

»Wird Tyson wiederkommen?« Daphne war zu groß für das Kuscheln auf dem Schoß geworden, aber sie lehnte sich auf der Verandaschaukel an seine Seite.

»Keine Sorge. Sie werden ihn finden.« Sofern er denn da draußen war. Die Entführer hätten ihn mittlerweile überall hinbringen können. Aber wo konnten sie mit einem widerwilligen Teenager hin?

Er überhörte beinahe, was Daphne sagte. »Der Briefträger hat Tyson heute einen großen Umschlag gebracht.«

»Oh?« Diese Aussage überraschte ihn, bis ihm ein anderes zum Haus geliefertes Päckchen einfiel – ein Päckchen mit Katzenminze für Dom. Sie hatten nie herausgefunden, wer der Absender gewesen war. »Was war darin?«

Sie zuckte die Achseln. »Keine Ahnung. Er hat ihn mit in sein Zimmer genommen.«

Könnte das wichtig sein? »Hat Tyson ihn aufgemacht?«

»Keine Ahnung. Er ist ungefähr fünf Minuten später verschwunden. Was seltsam ist, denn als wir von der Bushaltestellte aus die Auffahrt hinaufgegangen sind, sagte er, er hätte Hausaufgaben zu erledigen, bevor er online mit Jeremy spielen kann.«

Es wäre jedoch nicht das erste Mal, dass Tyson seine Hausaufgaben vernachlässigt hatte. »Weißt du, ob auf dem Umschlag stand, wer ihn verschickt hat?«

Erneut zog sie ihre Schultern hoch.

Könnte das in Verbindung mit dem Verschwinden seines Bruders stehen? »Hast du es Ray oder Mom erzählt?«

Sie schüttelte den Kopf. »Ray war damit beschäftigt, seinen Computer zu reparieren, und Mom hat geweint.«

Sie schaukelten ein paar Minuten lang in Stille, bevor Daphne zu ihm aufblickte. »Denkst du, die bösen Männer haben ihn?«

Sein Herz blieb stehen. »Warum sagst du das?«

Bevor sie antworten konnte, kam Mom heraus. »Daffy! Da bist du.« In ihrer Stimme kämpfte die Erleichterung mit der Panik. »Ich dachte, du würdest dir einen Film ansehen.«

»Mir war nicht mehr danach«, gab Daphne zu, wobei sie ihren Tiger fester umarmte.

»Oh, Liebling. Ich weiß, dass du dir Sorgen machst. Komm schon. Ich bin mir sicher, Dominick und Maeve werden ihn finden.« Mom sagte es nicht auf gemeine Art. Es war nicht einmal an ihn gerichtet, dennoch trafen ihn die Schuldgefühle hart und mit voller Geschwindigkeit.

Er sollte auch da draußen sein und suchen, aber dann hätte er nicht Daphnes Geschichte gehört.

Ein mysteriöser Umschlag. Das schrie geradezu nach einer genaueren Untersuchung. Stefan ging in Tysons Zimmer und ignorierte dabei das »*Betreten verboten, wenn du nicht sterben willst!*« Schild.

Es ging hier um Leben und Tod.

Beim Eintreten sah er viele der Dinge, die er im Zimmer seines Bruders erwartete. Poster mit Sportstars. Ein paar kleinere mit heißen Frauen. Die Wände waren rot, weiß und schwarz gestrichen. Die Farben des örtlichen Hockey-Teams. Los, Ottawa Senators, los!

Ein Kratzer an der Wand offenbarte die pinke Farbschicht darunter. Früher war dies Pammys Zimmer gewesen, da Mom darauf bestanden hatte, dass ein junges Mädchen Abstand von stinkenden Jungs bräuchte. Sie hatte recht. Die Furzwettbewerbe, die sie als Kinder veranstalteten, hatten tatsächlich sehr übel riechende Ausmaße angenommen.

Der Dachboden war erst umgebaut worden, als Dominick ausgezogen war und darauf bestanden hatte, Teile seines Gehaltsschecks nach Hause zu schicken, um auszuhelfen. Die Kinder überzeugten Mom davon, ihn zu ihrem Schlafzimmer mit eigenem Badezimmer zu machen. Das alte große Schlafzimmer wurde zu einem weiteren Kinderzimmer und verlor dabei ein paar Meter. Das Badezimmer im ersten Stock wurde zu zweien. Mädchen und Jungs. Welches davon war wohl widerlicher? Aber das, welches sich seine Schwestern teilten, ertrug das größte Gebrüll. Frauen nahmen ihre Schönheit ernst.

Die Tagesdecke war eine Patchwork-Sammlung alter Kleidung. Das Zeug, aus dem Tyson herausgewachsen war. Mom hatte immer eine Decke in Arbeit, wobei sie die Kleidungsstücke verwendete, die nicht mehr getragen werden konnten, aber immer noch ein wenig Leben in sich hatten, um endlos viele Patchworkdecken zu nähen.

Stefan bewahrte die seine in der Truhe im Wohnzimmer auf, für die Nächte, in denen er eine Umarmung brauchte.

Ein Blick auf Tysons Kommode offenbarte nichts Ungewöhnliches. Eau de Cologne und Deo. Eine Haarbürste mit einer offenen Dose Haargel daneben. Die Schubladen zeigten einen Bruder, der ordentlicher war als erwartet. Seine Kleidung war nicht nur gerollt, sondern auch nach Farbe sortiert.

»Ich hätte wissen sollen, dass mit dem Jungen

irgendetwas nicht stimmt.« Stefan tat dasselbe. Ein Zeichen der ruhelosen Angst in ihm.

Erst als er die unterste Schublade erreichte, hielt er inne. Dort waren Jeans ordentlich aufgerollt und aufrecht eingeräumt, damit man sie mühelos greifen konnte. Bis auf die hintere Reihe, die ein wenig höher saß.

Er zog sie heraus und entdeckte einen Umschlag darunter. Der Inhalt stellte sich als verrückter heraus als die erwarteten Drogen. Fotos. Fotos, die Stefan direkt in der Magengrube trafen, da er den Ort erkannte und es doch nicht tat.

Ich war noch nie dort. Warum also schossen seine Gedanken zu einem fensterlosen Raum, in dem viele Maschinen und ein Krankenhausbett standen, genau wie das, an das der kleine Junge auf dem Foto gefesselt war? Ein kleines Kind – kaum mehr als ein paar Jahre alt –, dessen Arme, Beine, Oberkörper und sogar Kopf an eine gepolsterte Oberfläche geschnallt waren. Seine Augen waren geschlossen.

Selbst so jung konnte Stefan Tyson erkennen.

Oh, verdammt. Sein Magen verkrampfte sich. Welcher kranke Mistkerl hatte seinem Bruder das geschickt?

Und noch schlimmer, was wusste derjenige?

Er ging alle Bilder durch. Auf der Rückseite des letzten – auf dem Tyson von einem komplizierten

Trainingsgerät hing – entdeckte er eine handgeschriebene Nachricht: *Antworten?* Dabei standen eine Uhrzeit und eine Adresse.

Stefan sah auf die Uhr seines Handys. Kaum genug Zeit, um es rechtzeitig zu schaffen, selbst wenn er raste.

Aber er musste es versuchen.

Er lief die Treppe hinunter und erschreckte seine Mutter, die rief: »Was ist los? Wo gehst du hin?«

Er hatte keine Zeit, um stehen zu bleiben. »Flughafen!« Er stürmte zu seinem Motorrad und betete.

Bitte lass mich Tyson erreichen, bevor es zu spät ist.

KAPITEL SECHZEHN

Obwohl sie sich im Wald aufteilten, hatten Nimway und ihr Rudel keinen Erfolg gehabt, da die Spur des Jungen an einer viel befahrenen Straße endete. Sie konnten unmöglich wissen, wohin oder wie weit er gegangen war. Außerdem konnten sie nicht als Wölfe weiterlaufen, weshalb sie auf menschlichere Maßnahmen würden zurückgreifen müssen. Auf vier Pfoten rannten sie zurück zum Haus, wo sie am Waldrand gerade lange genug innehielten, um sich zu verwandeln und ihre Kleidung anzuziehen. Nimways Handy hatte noch immer keinen Empfang.

Als sie sich dem Haus näherte, traf sie dort auf Nanette Hubbard, die ihre Hände wrang. »Gott sei Dank seid ihr zurück. Ihr müsst hinter ihm her.«

»Hinter wem?« Sie blinzelte, als sie erkannte,

dass Nanette Stefan meinen musste. Sein Motorrad parkte nicht länger in der Auffahrt. »Wo ist er hin?«

»Er hat etwas von einem Flughafen gebrüllt und ist vor wenigen Minuten losgefahren.«

Sie wollte fluchen. »Der Flughafen.« Es ergab Sinn. Wenn der Junge entführt worden war, dann würden sie ihn vermutlich ausfliegen. »Ist er zum MacDonald Cartier?«

»Ich weiß es nicht. Vielleicht?« Mrs. Hubbard biss sich auf die Lippe.

Vielleicht war nicht gut genug. Nimway kannte mindestens ein Dutzend kleinerer Privatflugplätze, die alle nur ungefähr eine Stunde von hier entfernt waren.

Sie fragte sich, ob Stefan einen Grund dafür hatte, plötzlich zum Flughafen zu fahren. »Mrs. Hubbard, hat Stefan mit irgendjemandem geredet, während ich weg war?«

Die Frau schniefte. »Nur mit seiner kleinen Schwester Daphne.«

Eine Unterhaltung mit dem jüngsten Mädchen offenbarte ihr, was Stefan erfahren hatte und warum er sich so schnell in Bewegung gesetzt hatte. Der Umschlag mit den Fotos war auf dem Bett zurückgeblieben. Sie drehten Nimway den Magen um und die ältere Hubbard, die ihr gefolgt war, erblasste.

»Kann ich sehen?«, fragte Daphne mit einer

Unschuld, die selbst die abgebrühte Nimway beschützen wollte.

»Nein. Oh Gott, nein«, rief Mrs. Hubbard.

»Warum nicht? Ich bin diejenige, die davon wusste.« Das Mädchen schmollte.

Die ältere Frau blinzelte ihre Tochter an. »Und du hättest es mir sagen sollen. Warum hast du das nicht getan?«

Daphne, ein Mädchen mit großen Augen, zuckte die Achseln. »Ich wusste nicht, dass es wichtig ist.«

»Tatsächlich hast du uns den bisher größten Hinweis gegeben«, verkündete Nimway. Mit einer Adresse in der Hand gab sie Dayna und Jack Befehle, die sich so schnell aus dem Staub machten, dass sie vergaß, ihnen zu sagen, dass sie eine Mitfahrgelegenheit brauchte.

Bevor sie Mrs. Hubbard um eine solche anflehen konnte, sagte die Matriarchin: »Wir müssen Ray davon erzählen.«

Nimway hatte den Hacker-Bruder vergessen. »Ist er unten?« Sie wusste bereits, dass er noch zu Hause wohnte.

»Ja, er hat versucht, Tysons Handy zu orten, aber er sagt, das Ottawa Valley sei gerade ein Funkloch. Irgendetwas mit Gänsen und einem Funkturm.«

Verdammte Vögel. Sie hatten einen beschissenen Zeitpunkt für ihren Angriff ausgesucht. »Ich muss mit Ray sprechen.« Dann, da sie bemerkte, dass die älteste Hubbard am Rand der Panik stand und nur einen letzten angespannten Nerv von einem Zusammenbruch entfernt war, bot Nimway ihr eine Ablenkung an. »Wenn wir mit Stefan und Tyson zurückkehren«, denn das war das einzig akzeptable Ergebnis, »werden wir Hunger und Durst haben. Das Wandeln der Gestalt verbrennt viele Kalorien.« Ein nicht allzu subtiler Hinweis.

Nanette Hubbard klammerte sich an diesen Rettungsring und richtete sich auf. »Ich denke, wir könnten alle eine große Kanne Kaffee und Donuts zu der Suppe vertragen, die ich koche.« Stefans Mutter huschte davon, um Küchengöttin zu spielen, während Nimway den Kopf schüttelte und murmelte: »Das wird niemals passieren, Ehemann.«

»Was?«

Nimway blinzelte Stefans Schwester an. »Nichts.« Es war noch keine Gelegenheit gewesen, die Ehe zu verkünden.

Angesichts ihrer aktuellen Lebenslage würde sie möglicherweise sowieso nie das Licht der Welt erblicken. Es erschien mehr und mehr so, als wären sie gefährdet. Das Beste wäre, dem Rudel zu sagen, es solle evakuieren, und die lästigen Hubbards zurückzulassen. Ihren frisch angetrauten Ehemann zurückzulassen, mit dem sie sich bereits gestritten hatte, damit er und seine Familie sich allein um ihre Vergangenheit kümmern konnten.

Wirst du dich direkt beim ersten Mal, wenn es schwierig wird, aus dem Staub machen?, schalt ihr Gewissen. Und noch wichtiger, seit wann war sie ein Hasenfuß? Jemand bedrohte ihre Existenz. Die Hubbards waren jetzt Teil des Rudels, was bedeutete, dass es als Beta an ihr lag, etwas dagegen zu unternehmen.

»Lass uns deinen Bruder suchen«, sagte Nimway zu Daphne.

»Ray ist in seiner Höhle.« Daphne hüpfte voraus und führte Nimway die Treppe hinunter in einen Keller. Dieser war in eine Betriebszentrale umgebaut worden, was viele Bildschirme, eine durch den Raum verlaufende Theke mit Tastaturen und andere elektrische Geräte bedeutete. An einer Wand stand ein Laufband, daneben ein einzelner Karton mit der Aufschrift *Keine Ahnung*, dann ein Schrägstrich in anderer Farbe und das Wort *Spenden*.

»Ray-Ray«, trällerte Daphne.

»Nicht jetzt, ich bin irgendwie beschäftigt«, murmelte Raymond, dessen Hände Steuerknüppel bewegten, von denen Nimway erkannte, dass sie die Kamera auf dem Bildschirm kontrollierten. Drohnenaufnahmen. Raffiniert, aber nutzlos, da das Kind den Bereich bereits verlassen hatte.

»Du kannst sie genauso gut zurückholen«, riet

Nimway ihm. »Deine Drohnen reichen nicht weit genug. Der Junge ist schon lange weg.«

»Und warum weißt du das?«, fragte Raymond, der sich mit seinem Stuhl umdrehte.

Zuerst zeigte sie auf das junge Mädchen. »Du hast deine Mutter gehört. Sieh weg.«

Daphne starrte sie ernst an und erwiderte: »Warum? Ich erinnere mich.«

Guter Gott, hatten alle in dieser Familie gelitten? Äußerlich blieb Nimway gleichmütig, aber innerlich tobte sie über das, was geschehen war.

»Woran erinnerst du dich?«, fragte Raymond. »Kann mir jemand erklären, was los ist?«

»Warnung, die könnten ein Trigger für dich sein.« Nimway öffnete den Umschlag mit den Bildern.

Raymonds schwerer Atemzug enthielt Schock und Schmerz. »Wo kommen die her?« Raymond breitete mit zitternden Fingern die Fotos auf dem Tisch aus.

»Jemand hat sie per Post an deinen jüngsten Bruder geschickt.« Und Stefan hatte sie gesehen. Er hatte seinen Duft überall auf dem Umschlag und den Fotos zurückgelassen. Kein Wunder, dass er in Eile verschwunden war. Sie hatte auch loslaufen wollen, als sie die Bilder zum ersten Mal sah. Sie trafen wie ein gut gezielter, kräftiger Schlag in die Magengrube, der ihr gleichzeitig das Herz brach.

Das zweite Mal war nicht besser.

Als sie über Rays Schulter spähte, musste sie sich auf das Innere ihrer Wange beißen, um nicht zu reagieren. Das gezeigte Kind war eindeutig das vermisste. Die Gesichtszüge waren ähnlich, da sie hager geblieben waren, und die Augen waren unverkennbar. Augen, die zu viel gesehen hatten.

Stefan hatte denselben Gesichtsausdruck. Wenn sie darüber nachdachte, hatten ihn alle, ein Ergebnis medizinischer Sittenlosigkeit, die sie bis zu diesen Fotos noch nicht vollständig begriffen hatte.

Raymond betrachtete das letzte. Sofort begann er, zu tippen und zu murmeln. »Der verdammte Flughafen, natürlich.«

»Kannst du sie kontaktieren und alle ausgehenden Flüge aufhalten?« Denn solange die Flugzeuge auf dem Boden blieben, konnten sie Tyson retten.

»Ich werde es versuchen«, murmelte er. »Das Problem ist, dass die großen Telekommunikationsdienste tot sind. Ich benutze ein SAT-System, aber dieser kleine Flughafen nicht, weshalb es schwierig ist.«

Raymond betrieb das Multitasking, als hätte er eine Vielzahl an Armen und Händen. Sie machte eine leise Bemerkung zu Daphne darüber. »Er ist wie ein Oktopus. Wie macht er das?«

Das Mädchen zuckte die Achseln. »Er ist schlau.«

Da sie ein paar Hacker im Rudel hatten, erkannte sie einen guten, wenn sie ihn sah. Es wäre ein wahrer Segen, ihn für das Rudel arbeiten zu lassen.

Innerhalb von fünf Minuten wurde es mehr als offensichtlich, dass er keinen Erfolg haben würde, da er eine Reihe von Flüchen von sich gab. »Ich komme nicht durch.«

»Verdammt! Ich muss dorthin. Vielleicht hat Stefan es geschafft, sie rechtzeitig aufzuhalten, sodass Dayna und Jack ihm helfen können.« Sie versuchte, optimistisch zu klingen, als sie aus dem Keller nach oben liefen.

Mrs. Hubbard sah sie. »Ihr habt Neuigkeiten?«

»Wir werden sehen, ob wir helfen können«, rief Ray, der sich einen Schlüsselbund von einem Regal an der Wand schnappte. »Du solltest fahren.«

Sie streckte ihre Hand aus und er warf ihr die Schlüssel zu, bevor er in den blauen Minivan sprang. Sie rannte los.

»Hoffentlich hat er sie aufgehalten, sonst finden wir sie vielleicht beide nicht«, sagte Ray.

»Du denkst, sie haben Stefan erwischt?«

»Wenn er dort angekommen ist, bevor sie losgeflogen sind, dann wurde er entweder entführt oder es ist Schlimmeres passiert. Mein Bruder mag viele Dinge sein, aber er würde sein Leben für seine

Familie geben.« Die Reifen quietschten, als sie losfuhren.

»Er ist nicht tot.« Sie weigerte sich, auch nur eine Sekunde daran zu denken.

»So wären sie vielleicht besser dran«, sagte Ray mit verzogenem Gesicht. »Wenn sie beide gefangen genommen wurden, kann man nur davon ausgehen, dass es geschehen ist, um sie für Tests in ein Labor zu bringen.«

»Dasselbe, in dem sie euch geschaffen haben?«

»Keine Ahnung. Und bevor du fragst, ich weiß nicht, wo es ist. Mom hat nie einen von uns mitgenommen, wenn sie losgezogen ist, um einen neuen Bruder oder eine neue Schwester nach Hause zu bringen.«

»Sie ist ein großes Risiko eingegangen, indem sie euch alle aufgenommen hat«, mutmaßte sie leise.

»Sie hat unsere Leben gerettet, während sie ihres gefährdet hat. Keiner von uns wäre heute hier, wenn sie nicht gewesen wäre. Angesichts der Fotos, die Tyson bekommen hat, müssen sie die Änderung entdeckt und uns aufgespürt haben.«

Nimway schüttelte den Kopf. »Ich denke, es ist wahrscheinlicher, dass sie Ausschau gehalten und darauf gewartet haben, Leute wie euch zu finden. Wie uns. Wenn sie eine Gelegenheit entdecken, dann ergreifen sie sie.« Allein die Vorstellung ließ sie erschaudern. Besonders da sie oft über die Filme und Bücher gespottet hatten, in denen so etwas passierte.

»Dominicks Angriff auf Anikas Ex hat ihre Aufmerksamkeit erregt.« Raymond rieb sich die Stirn. »Aber wenn sie Dom im Verdacht hatten, warum sind sie dann hinter Tyson her? Warum haben sie ihm genau diese Fotos geschickt? Hätten sie stattdessen nicht Dominick ins Visier nehmen sollen? Immerhin haben alle Hinweise auf die Existenz eines Gestaltwandlers auf ihn gezeigt.«

Nimway umklammerte mit den Fingern das Lenkrad des Minivans. »Der größere Zusammenhang ist, dass die beiden nachgeben werden, wenn diese Arschlöcher ihnen genügend Schmerzen bereiten.«

Und keiner von ihnen wäre sicher.

KAPITEL SIEBZEHN

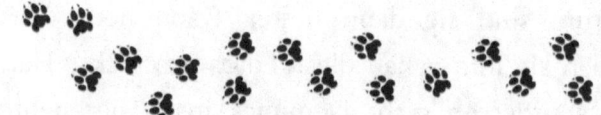

Stefan fuhr, als hinge sein Leben davon ab. Zu spät sein, weil er kein Risiko eingegangen war? Keine Option. Die Sicherheit seines Bruders hing in der Schwebe.

Der private Flugplatz war mit dem Auto nur fünfzehn Minuten von Moms Haus entfernt, mit dem Fahrrad, von dem er annahm, dass Tyson es genutzt hatte, dauerte es länger. Oder hatte er sich eine Mitfahrgelegenheit besorgt? Das erschien unwahrscheinlich, da das ganze Internet zusammengebrochen war. Ganz zu schweigen davon, dass der Junge sich mehr als genug Zeit gegeben hatte, um hierherzukommen.

Wie ein Idiot.

Ernsthaft, was zum Teufel war in seinen kleinen Bruder gefahren, dass er auf sein Fahrrad sprang, um sich mit offensichtlich völlig kranken Leuten zu treffen? Wer zur Hölle hatte etwas an ein Kind geschickt, das schon psychologische Folter war? Oder überhaupt an irgendjemanden?

Kranke, verdammte Mistkerle. Warum würden sie das seinem kleinen Bruder antun? Er durfte nicht zu spät kommen. Er durfte ihn nicht im Stich lassen. Nicht so, wie er EK09 im Stich gelassen hatte. Die Erinnerung hatte ihn während des Fahrens getroffen – und hätte ihn fast einen Unfall bauen lassen.

Sie baumelten wieder von den Stäben. Hoch über dem Boden, eine geschweißte Metallleiter führte zu einer weiteren, von denen einige nach oben, andere nach unten geneigt waren. Nachdem er den Parcours ein paarmal durchgemacht hatte, schmerzte sein Körper. Aber er hielt sich fest. Das musste er tun. Es würde wehtun, aus dieser Höhe herunterzufallen.

»ST11. Warum hörst du auf?« Die wütende Frage kam von dem Mann im weißen Kittel.

ST11 wusste es besser, als zu antworten. Sie würden ihm Gehorsamsverweigerung vorwerfen. Ein großes Wort, das er nicht aussprechen konnte, von dem er aber verstand, dass es Bestrafung bedeutete.

»Kann nicht.«

Der laute Schrei ließ ihn nach unten blicken, wo EK09 kämpfte. Keuchte. Die Muskeln in ihren Armen zitterten.

Sie war kleiner als er. Kleiner als viele. Sie hatte Schwierigkeiten an den Stäben.

Der Mann im weißen Kittel hatte nur eine Warnung für sie. »Wenn du fällst und dir etwas brichst, ist es für dich vorbei.«

Was bedeutete, dass sie sich besser festhielt. ST11 setzte sich wieder in Bewegung, an einer Reihe von Stäben, die parallel oberhalb derer von EK09 verliefen.

Er spähte nach unten, als er kurz davor war, an ihr vorbeizukommen, und sah ihr Gesicht. Rot. Angespannt. Die Augen vor Angst aufgerissen. Ihr ganzer Körper zitterte. Sie konnte sich nicht rühren, womit ihr nur eine Wahl blieb. EK09 blickte nach unten. Es war weit und die dünne Polsterung würde den Aufprall nicht federn.

Er wollte sie ignorieren, aber ihr wehleidiger Schrei sorgte dafür, dass er sich, ohne nachzudenken, in Bewegung setzte. Er sprang zu dem Stab unter ihm und traf ihn, grunzte aber angesichts des scharfen Aufpralls. Er bemühte sich, ihr nahe genug zu kommen, um ihre Handgelenke zu packen.

ST11 mochte vielleicht nicht so groß sein wie der Mann, der zusah, aber er war stark.

Ihre Augen wurden groß, ihr Mund bewegte sich und Tränen glänzten auf ihren Wangen. Er fühlte sich gut, als er daran arbeitete, sie in Sicherheit zu bringen und sie auf den Stäben zu platzieren.

Der Mann im Kittel sagte ausnahmsweise einmal nichts,

sondern sah nur zu. Er gab nichts von sich, während ST11 grunzte und an EK09 zerrte. Er zog sie durch die Lücke und sie schnappte nach Luft, als sie sich festhielt und das Gewicht ihres Körpers auf den Stäben abstützte.

»Danke.«

Das sagte sie eine Sekunde, bevor sich die leiterähnlichen Stäbe neigten.

Sie fiel. Das taten sie beide. Sie starb beim Aufprall, ihre Augen waren aufgerissen und starr. Er brach sich den Arm und wurde deshalb weggeworfen wie Müll.

Er hatte sie im Stich gelassen. Er hatte sie beide im Stich gelassen. Das konnte er nicht wieder zulassen.

Stefan hatte den kleinen Flughafen fast erreicht. Er hatte nicht dieselben Sicherheitsvorkehrungen wie ein großer Luftverkehrsknotenpunkt.

Es war sechzehn Uhr neunundfünfzig, eine Minute vor der Uhrzeit auf dem Foto. In keinerlei Hinsicht zu spät, und doch schien der Ort geschlossen zu sein. Kein einziges Fahrzeug stand auf dem Parkplatz. Kein Tyson. Nichts als ein an die Gebäudewand gelehntes Fahrrad. Ein Fahrrad, das er erkannte, da er es Tyson vor zwei Jahren zu Weihnachten geschenkt hatte.

Ein Teil von Stefan wollte nach seinem Bruder rufen, aber seine Haut kribbelte.

Gefahr.

Sein Bruder musste früher angekommen sein.

Hatten sie das Fahrrad gehört?

Hatte er das Treffen verpasst?

Jetzt war es zu spät, um sich Sorgen darüber zu machen. Stefan parkte und klappte den Ständer aus, bevor er vom Motorrad abstieg. Er lief zu der einzigen Tür des Gebäudes. Ein Ziehen an der Klinke zeigte, dass sie abgeschlossen war. Auf einem Schild im Fenster stand: *Geschlossen*. Sie würden erst am nächsten Morgen wieder öffnen.

Wenn sie nicht im Inneren waren, wo dann?

Das entfernte Brummen von Flugzeugtriebwerken erregte seine Aufmerksamkeit. Es durfte nicht abheben, nicht bevor er sich davon überzeugt hatte, dass sein Bruder nicht an Bord war.

Stefan ging um die Seite des Gebäudes herum, wobei er den Maschendrahtzaun mit Stacheldraht darauf bemerkte, welcher das Gelände umgab. Das Haupttor wurde von einer riesigen Kette samt Schloss gesichert.

Dann musste er also klettern. Das unerlaubte Betreten würde wehtun. Der Zaun rasselte, als er seine Finger und die Spitzen seiner Schuhe benutzte, um sich in den Löchern festzuhalten. Es war verdammt laut. Gut, dass das Geräusch der Triebwerke es vermutlich übertönte.

Er landete auf der anderen Seite und warf nur

einen flüchtigen Blick auf die leere Startbahn. Er steuerte auf die vom Hangar kommenden Lichter zu, dessen hinteres Tor geöffnet war. Er wandte sich davon ab und zur Seite, um sich im Schatten zu halten.

Niemand schlug Alarm, was jedoch nicht bedeutete, dass er nicht entdeckt worden war. Wie viele befanden sich im Inneren? Was war mit Tyson? Er konnte nicht zulassen, dass sein Bruder verletzt wurde.

Wie würde er ihn retten? Er hatte dummerweise nicht daran gedacht, eine Waffe mitzubringen. Stefan war ein guter Kämpfer, aber das bedeutete gar nichts, wenn sie Schusswaffen hatten. Kerle, die kranke Fotos schickten und sich mit Minderjährigen treffen wollten, spielten nicht nach den Regeln.

Wenn Nimway hier wäre, würde sie ihm empfehlen, sich zu verwandeln. Als würde es helfen, eine Großkatze zu sein, wenn sie Waffen hatten.

Es blieb Stefan, nur Stefan, der zur Rettung eilen konnte, da sein Handy noch immer keinen Empfang hatte. Scheiß auf die Kavallerie. Die Chancen standen nicht gut, und doch musste er es versuchen.

Zu seiner Überraschung öffnete sich die Seitentür des Hangars. Er schlüpfte schnell hinein, was von einigen Paletten verborgen wurde, die eingeschweißt waren und auf ihre Verladung warteten.

Er schlich sich an der Seite entlang und hielt Ausschau nach jeglichen Bewegungen. Es musste jemand hier drin sein, oder waren bereits alle an Bord?

Er ging an der Fracht vorbei und betrat einen offeneren Bereich, wo mehrere Flugzeuge geparkt waren. Überwiegend kleine Propellermaschinen, aber dort stand ein schicker Privatjet, dessen Hinterteil geöffnet war und der einen verlassenen Eindruck machte. Stefan wagte das stark zu bezweifeln.

Alle Haare an seinem Körper stellten sich auf. Warnten ihn vor Gefahr. Sagten ihm, er solle fliehen, während er es konnte.

Wenn er ging, würden sie Tyson mitnehmen. Das wusste er. Er konnte beinahe schwören, dass er seinen Bruder roch.

Irgendwo.

In der Nähe.

Vermutlich in diesem verdammten Flugzeug.

Eine Falle. Er wusste es, und dennoch musste er nachsehen.

Stefan schlich durch den offenen Bereich, wobei er sich der Tatsache bewusst war, dass er sich zur Zielscheibe machte – aber welche Wahl hatte er? Wenn er wartete, könnte das bedeuten, dass ihm sein Bruder weggenommen wurde. Er und Tyson mochten ihre Differenzen haben, aber die Liebe war da.

Niemand brüllte ihn an oder schoss auf ihn. Nichts rührte sich. Was bedeutete, dass er in den Frachtraum des Flugzeugs spähen konnte. Er brauchte einen kurzen Moment, um die Tatsache zu verarbeiten, dass er seinen Bruder in einem Käfig betrachtete.

Schlafend, leicht zerzaust und in Embryonalstellung zusammengekrümmt, damit er hineinpasste. Die verdammten Mistkerle.

Er griff nach dem Käfig und begann zu ziehen. So nahe am Flugzeug ließ das Dröhnen der Triebwerke seine Zähne vibrieren.

Das war der Moment, in dem der Lauf einer Waffe an seine Rippen gedrückt wurde.

»Das ist weit genug. Lass den Käfig los und dann dreh dich langsam um.«

Es hatte keinen Sinn, mit der Person zu streiten, die die Waffe hielt.

Stefan ließ den Käfig los und ging mit erhobenen Händen rückwärts, bevor er sich umdrehte und eine Frau sah, die eine Pistole in der Hand hielt und deren braunes Haar streng zurückgebunden war. Ihre Kleidung war elegant und dunkel.

»Wer sind Sie?«, fragte er.

»Dienstleisterin.« Sie lächelte, was an einen Hai

kurz vor dem Angriff erinnerte. »Von der Art, auf die du hören solltest, wenn ich dir sage, du sollst die Hände hochnehmen und keine Schwierigkeiten machen.«

Seine Arme gingen langsam in die Höhe. »Wer hat Sie angeheuert? Was wollen Sie mit meinem Bruder?«

Sie zog eine Augenbraue hoch. »Ich? Ich will ihn nicht, aber ich bin an dem Kopfgeld interessiert, das auf seine sichere Rückkehr ausgesetzt ist.«

»Kopfgeld.« Das Wort rutschte ihm über die Lippen.

»Ein Kopfgeld, das sich mit deiner Ankunft soeben verdoppelt hat. Es scheint, als gäbe es ein paar Leute, die gutes Geld für die diskrete Rückkehr ihres Eigentums zahlen.«

»Niemand besitzt uns«, knurrte er.

»Das werden sie, sobald wir euch beide abliefern. Du bist vielleicht nicht so viel wert, aber wo du schon mal hier bist …« Sie feuerte und sein Instinkt ließ ihn in die Hocke gehen. Die Kugel verpasste ihn und bevor sie erneut abdrücken konnte, prallte er gegen sie, wobei er sich geistig bei jeder Frau entschuldigte, die er kannte. Es war egal, dass sie auf ihn geschossen hatte, seine Mutter hatte ihm beigebracht, niemals ein Mädchen zu schlagen. Aber was, wenn dieses Mädchen eine Waffe in der Hand hielt?

Seine Angreiferin grunzte, als sie auf dem Boden landeten. Er packte ihr Handgelenk und schlug es auf den Boden, um ihren Griff um die Pistole zu lockern.

Es gab einen weiteren Schuss, woraufhin ihn eine Kugel in den Arm traf. Er drehte sich zur Hälfte um und sah einen Kerl aus einer anderen Richtung kommen, der seinen zweiten Schuss vorbereitete.

Verdammt. Er stand auf, schwankte und blinzelte.

Betäubt.

Nein.

Sein Instinkt übernahm die Führung und er steuerte auf den zweiten Angreifer zu.

Beute.

Er sprang. Ein Knurren entwich über seine allzu menschlichen Lippen.

Der Kerl brüllte, als er feuerte.

Ein weiterer Betäubungspfeil traf Stefan, während er sich drehte. Er holte aus und verfehlte ihn. Die Frau, die sich erholt hatte, nicht; sie traf ihn am Rücken. Wieder und wieder. Die vielen Betäubungspfeile streckten ihn nieder.

Als er wieder aufwachte, saß er nackt in einer Zelle.

KAPITEL ACHTZEHN

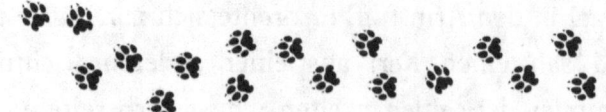

Wo bist du, Baby?

Nimway kam zu spät. Ihr Team erschien gerade rechtzeitig, um das Flugzeug abheben zu sehen.

Sie hätte vielleicht ein Heulen ausgestoßen, das jedes Nicht-Raubtier im Umkreis mehrerer Kilometer in die Flucht geschlagen hätte.

Die leere Startbahn verspottete sie. Der verlassene Hangar mit seinem Duft machte sie wütend. Die einzigen Hinweise waren Stefans Motorrad und Tysons Fahrrad. Wohin waren sie gebracht worden? Der winzige Flughafen hatte keine Abflugtafel und sie hatten keine Ahnung, wo sie suchen sollten, da das Büro bereits geschlossen war.

Nicht dass es wichtig wäre. Selbst als sie es schafften, zu jemandem durchzukommen, wurde schnell klar, dass derjenige entweder log oder keine

Ahnung darüber hatte, was an dem kleinen Flugplatz geschehen war. Und man stelle sich vor, Kriminelle gaben keinen anständigen Flugplan auf!

Kriminelle spielten nicht nach den Regeln und sie gab den verdammten Gutmenschen die Schuld, die ihnen ständig alles möglich machten. Eine Gesellschaft, die nachsichtig mit Verbrechen war, sah diese aufblühen. Das Rudel verstand Regeln und wie nötig es war, ihre Gesetze aufrechtzuerhalten. Gesetze beschützten sie.

Und was passierte, wenn sie gebrochen wurden? Eine Familie von Außenstehenden, der niemals die Wahrheit über das Rudel hätte offenbart werden sollen, war gefährdet worden und hatte damit alle in Gefahr gebracht. Und das nur, weil sie die erste Regel vergessen hatte.

Vertraue nur dem Rudel. Jetzt war es zu spät für Reue. Auch konnte sie nicht die ganze Schuld ihm zuschieben. Stefan wollte nicht gefangen genommen werden. Sie konnte ihm nicht einmal verübeln, ohne zu warten, seinem Bruder gefolgt zu sein. Sie hätte dasselbe getan. Aber dass er zusammen mit Tyson entführt worden war, war für das Rudel ein Ereignis, das einer Ausrottung gleichkam. Es war nur eine Frage der Zeit, bis einer der gefangen genommenen Hubbards nachgab und etwas sagte, um sich zu retten.

Nimway freute sich nicht darauf, ihrem Bruder – dem Alpha – zu sagen, dass ihre Deckung bald auffliegen würde. Das Rudel, alle, würden sich verstreuen und verstecken müssen, bis sie an einem sicheren Ort mit neuen Identitäten wieder zusammenfinden konnten. Sie hatte bereits ihren neuen Namen: Amelia Jenkins. Keinerlei Bezug zur Artuslegende, und doch freute sie sich nicht darauf, ihn zu benutzen.

Als sie wieder an der Farm ankam, waren dort noch mehr Fahrzeuge geparkt. Gwaynes dunkler GMC Yukon stach dabei am meisten heraus.

Verdammt.

Da die Telefone noch immer nicht funktionierten, hatte er sich wohl Sorgen gemacht und nach ihr gesucht. Immerhin hatte ihre letzte Nachricht eines der Hubbard-Kinder beinhaltet.

In dem Moment, in dem sie parkten, war Gwayne da, öffnete ihre Tür, zerrte sie heraus und umarmte sie. »Du bist sicher.« Seine Stimme war schroff. Seine Sorge greifbar. Sie war die einzige Familie, die ihm geblieben war.

»Du weißt, was passiert ist?«

»Mehr oder weniger, aber ich will deine Einschätzung hören.«

Sie erzählte ihm die düstere, ungeschminkte Wahrheit. »Es scheint, als wären diejenigen, die die

Hubbard-Kinder geschaffen haben, gekommen, um einige von ihnen zurückzuholen. Tyson und Stefan wurden entführt.«

Sie hörte ein Keuchen.

»Nein.« Nanette Hubbard schwankte, während sich der Schock in ihren Gesichtszügen breitmachte.

Nimway fühlte sich schlecht, und doch musste es gesagt werden. »Ich befürchte, es ist wahr, was bedeutet, dass Ihre ganze Familie in Gefahr ist.«

»Und damit auch das Rudel«, mutmaßte Gwayne seufzend. »Verdammt.«

»Jup.« Sie wusste nicht, was sie sonst sagen sollte.

»Das ist nicht gut.« Er rieb sich das Gesicht, wobei er müde und niedergeschlagen wirkte. Ein weiterer Schlag für einen einst starken Mann.

»Ich weiß«, erwiderte sie noch sanfter.

Mrs. Hubbard wirbelte herum und ging zur Treppe, wo sich einige ihrer Kinder versammelt hatten. »Wenn unsere Deckung aufgeflogen ist, dann setze ich mich besser in Bewegung. Es ist so lange her, seit ich einen Plan hatte. Ich wurde selbstgefällig.«

»Ich wünschte, die verdammten Handys würden funktionieren«, grummelte ihr Bruder. »Ich habe das Gefühl, als würden wir durch die Dunkelheit stolpern. Wir müssen verbreiten, dass wir vielleicht verschwinden müssen, und das schnell. Für den Moment werden wir uns aufteilen und von Haus zu Haus gehen müssen. Ich will keine Panik verursachen, aber wir müssen bereit sein.«

Er sagte immer wieder *wir*, und sie konnte nur an Stefan denken, der Folter ausgesetzt wurde. Ihr Verstand landete bei diesen Fotos, woraufhin sie herausplatzte: »Ich kann nicht helfen.«

Gwayne hielt inne, bevor er sagte: »Was meinst du damit, du kannst nicht helfen? Du bist der Beta des Rudels.«

»Das weiß ich, allerdings muss ich mich zuerst um etwas Dringendes kümmern.«

Er brauchte nur eine Sekunde. »Du willst die vermissten Hubbards aufspüren.«

»Es ist das Klügste. Wenn ich sie davon abhalten kann, Geheimnisse zu verraten, dann müssen wir nicht umziehen.«

»Es ist gefährlich.«

»Ich habe versprochen, ihn und seine Familie zu beschützen.«

Er prustete. »Die Umstände haben sich geändert.«

»Mehr als du weißt«, murmelte sie. Und dann, weil sie keine Geheimnisse vor ihrem Bruder haben konnte, fügte sie hinzu: »Er ist mein Ehemann.«

Er starrte Nimway an. »Was?«

»Stefan und ich haben heute Morgen geheiratet, und ich habe ihm Sicherheit versprochen. Ihm und seiner Familie.«

»Einen Tag zu spät.«

Sie schüttelte den Kopf. »Ich kann nicht einfach gehen. Er ist nicht nur Teil des Rudels, er ist mein Mann.«

»Und wie willst du ihm helfen?«, brummte Gwayne. »Diese Leute sind offensichtlich skrupellos und haben die Mittel, uns auszulöschen.«

»Skrupellose Leute mit Geheimnissen, sonst hätten sie nicht zu solch heimlichen Methoden gegriffen.« Wenn sie Angst hatten, offen zu handeln, dann war das ein Vorteil für sie.

»Was willst du tun? Wir wissen nicht einmal, wohin das Flugzeug unterwegs ist.«

»Sie nicht, aber ich schon«, verkündete Mrs. Hubbard.

KAPITEL NEUNZEHN

Mom

Der Tag war gekommen. Der Tag, vor dem Nana Hubbard sich lange gefürchtet hatte. Der Tag, an dem sie ihre Kinder aufspürten und sie ihr wegnahmen.

Sie hatte ihrem Bruder geschworen, niemals zu offenbaren, was sie wusste, und dieses Versprechen hatte sie gehalten. Zum Teil aus Respekt vor seinem Andenken, zum Teil aus Angst davor, dass die Wahrheit zurückkommen und sich rächen würde, aber vor allem, weil sie nie wollte, dass ihre Kinder sich den Monstern stellen mussten, die ihnen hatten wehtun wollen.

Aber jetzt hatte sie keine Wahl.

»Sie sind in Alberta«, erklärte sie.

Woraufhin Nimway erwiderte: »Wo?« Eine kluge Frau mit Kraft, die Stefan im Kampf gegen seine Dämonen helfen könnte.

»Es gibt keine tatsächliche Adresse, aber ich kann den allgemeinen Bereich auf einer Karte ausfindig machen.«

»Das sollte ausreichen«, überlegte Nimway laut.

»Du kannst nicht ernsthaft darüber nachdenken, dorthin zu fahren«, warf Gwayne ein. »Das Rudel braucht dich jetzt mehr denn je.«

»Du hast recht. Das tut es. Denn wenn ich versage, wird das Leben aller im Rudel für immer verändert sein.«

Ihr Bruder widersprach: »Wie willst du dorthin gelangen? Du hasst das Fliegen.«

Nimway zuckte die Achseln. »Ich weiß nicht.«

»Es ist eine lange Fahrt«, merkte Nanette an. Sie hatte die Strecke oft genug zurückgelegt, um es zu wissen. Aber sie hatte keine andere Wahl gehabt. Die Leute hätten sich vielleicht über die Frau gewundert, die allein mit fremden Kindern flog. »Mehrere Tage, also pack eine Tasche, wenn du darüber nachdenkst.«

»Ich habe nicht mehrere Tage Zeit«, grummelte Nimway. »Gott weiß, was sie ihnen antun werden, wenn wir zu lange warten.«

Nanette hatte angestrengt versucht, nicht an das

Schlimmste zu denken. »Es ist ein gutes Zeichen, dass sie sie lebendig entführt haben.«

»Warum denkst du, dass sie am Leben sind?«, fragte Gwayne, bevor er grunzte, als seine Schwester ihm in den Bauch schlug.

Nana konnte nicht umhin, das Gesicht zu verziehen. »Warum sonst sollten sie sich diese Mühe machen?«

»Das war nicht gerade tröstlich und beruhigend«, grummelte Nimway.

»Ich habe dich nicht für den Typ gehalten, der verhätschelt werden muss. Würdest du nicht auch lieber die Wahrheit hören?«

»Ja. Aber das bedeutet nicht, dass sie mir gefällt.«

»Na, was für ein Pech, die Wahrheit ist das, was du bekommst«, sagte Nana, denn nach fast einem ganzen Leben des Lügens wäre es schön, einmal offen zu sprechen. »Ich weiß ein wenig darüber, wie diese Firma funktioniert. Sie entledigen sich nur derer, die sie als fehlerhaft erachten. Alle, die in ihren Plan passen, bleiben für Tests am Leben.«

»Sind diese Tests schmerzfrei?«, fragte Nimway.

Nana prustete. »Ich denke, du kennst die Antwort darauf bereits.«

»Ich kann mir nicht vorstellen, dass Stefan da freudig kooperieren wird.« Nimway presste die Lippen aufeinander.

»Da stimme ich dir zu. Deshalb muss es schnell gehen, wenn du dorthin willst.« Ihre Jungs waren zu stur, um zu kooperieren.

Johan hatte es nur geschafft, diejenigen zu retten, die für den Tod vorgesehen waren. Die anderen? Sie hatte nie davon gehört, dass jemand entkommen war. Aber auf der anderen Seite, hätte Johan es ihr erzählt?

Sie konnte nur hoffen, dass ihre Kinder, die älter und klüger waren, durchhalten würden, bis sie einen Weg finden konnte, sie zu retten.

Selbst wenn das bedeutete, der Welt die Wahrheit zu offenbaren.

KAPITEL ZWANZIG

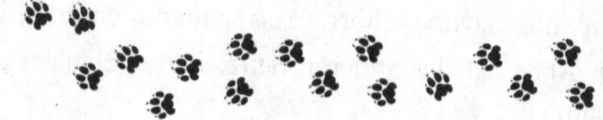

Es gab nichts Besseres, als entblösst vor der Welt aufzuwachen. Oder in diesem Fall vor denjenigen, die die Zelle überwachten, in der Stefan gefangen war, so nackt wie am Tag seiner Geburt. Oder war er aus irgendeinem Reagenzglas gegossen worden? Sein neugieriger Geist wollte es wirklich wissen. Angesichts seiner aktuell misslichen Lage würde er es vielleicht sogar herausfinden.

Er war mithilfe von Klettbändern an ein Bett geschnallt worden. Die Fesseln auf der linken Seite waren nicht ganz so eng, was bedeutete, dass er so lange daran rüttelte, bis er sich befreien konnte. Wenig später stand er auf und funkelte das Bett, dann den Raum an. Allem Anschein nach war er in sein erstes Zuhause zurückgekehrt, allerdings mit einigen Verbesserungen.

Drei Betonmauern und eine vierte aus Glas, welches dick genug war, dass es nicht einmal vibrierte, als er dagegen schlug. Es war eine Schiebetür darin eingelassen, die jedoch abgeschlossen war. Sie gab nicht nach, als er dagegen trat, sich dagegen drückte oder daran zog.

Sie hatten das Design verbessert. Er erinnerte sich daran, dass der Ort während seiner letzten Gefangenschaft schäbiger und die Maschinen sperriger gewesen waren. Mit drei Jahren war er ihre Laborratte gewesen. Erst jetzt stellte er die Verbindung her, dass es in seinen Albträumen darum ging, dass er seine Zeit an diesem Ort wieder erlebte.

Die Erinnerungen brachen über ihn herein, und keine davon war gut. Sie ließen ihn besorgt auf und ab gehen, was nicht half, seinen aufgewühlten Geist zu beruhigen.

Gefangen genommen wie ein verdammter Idiot. Er war wirklich ein wahrer Held. Wo war sein Bruder?

Verdammt, was war mit Mom, den Kindern, Nimway, ihrem Rudel?

Die Sache, vor der er am meisten Angst hatte, seine größte Paranoia, war eingetreten. Entdeckung und Gefangenschaft.

Dämlich. Dämlich. Dämlich. In seiner Unruhe schlug er sich fast mit den Händen an die Schläfen.

Er wusste, dass es nicht gut war, das zu tun. Es half nicht, sich selbst zu schlagen. Alkohol und Drogen genauso wenig. Er brauchte all seine Sinne, um einen Ausweg zu finden. Außerdem musste er dafür sorgen, dass er niemanden sonst in Gefahr brachte.

»Du bist früher wach als erwartet.« Die Stimme kam von über ihm, woraufhin er nach oben blickte und dunkles Glas entdeckte, von der Art, durch das man nur von einer Seite sehen konnte, ohne selbst gesehen zu werden.

»Wo bin ich? Wer bist du?«

»Wir haben uns nie offiziell kennengelernt, auch wenn ich für die ersten Jahre deines Lebens verantwortlich war. Man könnte sagen, ich habe dich geschaffen, da ich deinen Schöpfer eingestellt habe. Vielleicht hast du von ihm gehört? Johan Philips.« Die Aussage des Mannes ließ ihn erstarren.

»Ich habe den Namen noch nie zuvor gehört«, log er.

»Wirklich? Seltsam, da deine Mutter seine Schwester war. Auf der anderen Seite kannten wir ihn auch nicht gut. Es scheint, als wäre Johan nicht der treue Angestellte gewesen, als der er sich dargestellt hatte. Na, sieh dir nur an, dass du noch immer am Leben bist und kein bereits lange weggeweheter Haufen Asche. Ich hatte schon begonnen, mich zu wundern, ob unsere Überwachung deiner Familie eine kolossale Geldverschwendung war.«

Die Kälte in seinen Adern verwandelte sich in Eis. »Ihr habt uns beobachtet? Wie lange?«

»Wir haben erst vor ein paar Jahren angefangen, als wir erkannten, dass Johan eine Schwester mit einer ungewöhnlichen Anzahl an Kindern hinterlassen hatte.«

»Ihr habt uns ausspioniert.«

»Das nennt sich das Beobachten einer Investition. Und du solltest mir dafür danken. Eigentlich wollte ich euch alle umbringen lassen, aber ein Mitarbeiter hat vorgeschlagen, euch zu überwachen, für den Fall, dass ihr Kinder bekommt, die besondere Fähigkeiten zeigen.«

Sein Magen verkrampfte sich. »Das kann nicht dein Ernst sein.«

»Wirke ich, als wäre ich unterhaltsam?« Die verborgene Stimme klang so selbstgefällig.

»Du klingst wie ein Mann mit einem sehr kleinen Penis. Mit dem winzigsten.« Für den Fall, dass es nicht klar war, hielt er zwei Finger sehr nahe zusammen.

Totenstille, gefolgt von: »Ich werde die Tests genießen, du, ST11, hingegen nicht.«

Es summte, dann öffnete sich ein Schrank in der Betonwand. Das Aroma stieg ihm in die Nase.

Bekannt. Katzenminze.

Stefan begann zu schwitzen. »Nein. Ich werde dir nicht helfen.«

»Als hättest du eine Wahl.« Weitere arrogante Belustigung.

»Warum tust du das? Hättest du uns nicht in Ruhe lassen können?«

»Das hätte ich, aber stattdessen habe ich entschieden, meine Investition wiederzugewinnen. Immerhin sind du und die anderen in deiner Familie Firmeneigentum.« Er sprach nur von Stefans Familie, nicht von Nimway und dem Rudel. Vielleicht war noch nicht alles verloren.

»Du hast unseren Tod befohlen. Im Grunde genommen hast du uns in den Müll geworfen, also waren wir vogelfrei.«

»Ich habe uns von fehlerhafter Ausrüstung befreit, aber es stellte sich heraus, dass ihr nur ein wenig justiert werden musstet. Seltsam, dass Katzenminze euer Auslöser ist. Bei den Katzengenen ist es für gewöhnlich ein Hemmstoff. Was in mir die Frage aufwirft, was eure Schwäche ist.«

»Ich weiß nicht, wovon du sprichst.« Vermutlich war es dumm, an diesem Punkt zu lügen, aber warum sollte er es ihm einfach machen?

Die unsichtbare Stimme machte ein abschätziges Geräusch. »Willst du wirklich dieses Spielchen spielen? Wusstest du, dass wir vor Kurzem die Aufzeichnungen deiner Psychotherapiesitzungen bekommen haben? Es war nicht einfach, das muss ich sagen. Sie haben durch einen Virus in ihrem Server einen Teil ihrer Unterlagen verloren. Aber der Arzt hatte die originalen schriftlichen Notizen.«

Innerlich ging Stefan von eisig zu tot über.

»Scheinbar sprichst du bei deinen Terminen über deine Wahnvorstellung, dass du dachtest, du wärst ein Tiger. Die Verwandlung wurde ausgerechnet von Katzenminze ausgelöst.«

»Ihr habt meine medizinischen Akten gestohlen. Gibt es irgendwelche Anstrengungen, die du nicht unternehmen würdest?« Eine rhetorische Frage.

»Wenn du versuchst, meine empathische Seite anzusprechen, dann solltest du wissen, dass ich keine habe. Du bist lediglich frei geblieben, weil du in deinem Alter für uns von geringerem Nutzen bist. Wir ziehen unsere Subjekte jünger vor. Sie sind formbarer.«

»Was sind dann deine Pläne für mich, da ich alt bin?« Er war nicht dumm genug zu glauben, dass sie ihn einfach freilassen würden.

»Ich bin mir sicher, wir können uns etwas einfallen lassen. Ich weiß, dass die Wissenschaftler begierig sind, Proben von euch beiden zu bekommen. Und ich bin jetzt sehr neugierig auf deine

Fähigkeit, Kinder zu zeugen. Wir hatten Rückschläge mit anderen Subjekten.«

Das verhieß nichts Gutes. »Fick dich. Ich habe Rechte.«

»Menschen haben Rechte. Du«, eine bedeutungsschwangere Pause, »bist nicht mehr als eine Laborratte.«

Die unheilvolle Aussage trieb ihn dazu an, auf und ab zu gehen, auf der Suche nach einem Ausweg aus den näher rückenden Wänden. Je mehr er auf und ab tigerte, desto kleiner wurde der Raum.

»Das kannst du nicht tun«, knurrte er mit geballten Fäusten.

»Das habe ich schon, also ist es am besten, wenn du aufgibst, ansonsten wirst du feststellen, was mit denen passiert, die nicht gehorchen. Dein Halsband wird getestet, während wir uns unterhalten.«

»Halsband?« Stefans Finger landeten an seinem Hals und er schluckte schwer.

»Alle Haustiere sollten eins haben. Damit ist es unwahrscheinlicher, dass sie weglaufen. Die heutige Technologie sorgt dafür, dass wir nie mehr eines unserer Subjekte verlieren.«

Der hinterhältige Spott trieb ihm seine Fingernägel in die Handflächen. »Ich werde dich umbringen.«

»Nun, sobald du dieses Halsband trägst, ist nur

eine falsche Bewegung deinerseits nötig und zack, bist du tot.« Die Worte klangen aufgrund ihrer gesichtslosen Art besonders kalt.

»Warum tust du das?«

»Weil ich es kann.«

Der Lautsprecher verstummte, da der Kanal abgestellt wurde, womit er allein zurückblieb, um auf und ab zu gehen und zu toben. Sich zu fragen, wo sein Bruder war. Sich zu wünschen, er hätte die Gelegenheit gehabt, sich zu verabschieden. Seiner Mutter und seinen Geschwistern zu sagen, dass er sie liebte.

Seiner Frau.

Wenn sie nur die Gelegenheit gehabt hätten, die Leidenschaft zwischen ihnen zu erkunden. Die häusliche Wonne zu genießen, über die er in der Öffentlichkeit spottete, nach der er sich im Privaten jedoch sehnte. Mit ihr an seiner Seite aufzuwachen. Dass er sie möglicherweise davon überzeugte, ihm zu zeigen, was ihre Vorstellung bedeutete, ein Gestaltwandler zu sein, denn sie schien ihre andere Natur zu mögen. Sie benutzte sie als Hilfsmittel. Sie hatte keine Angst davor.

Er spannte seine Hände an. Starrte sie an. Er erinnerte sich an die Videos, die er damals von sich gemacht hatte, als der Rausch alles gewesen war und er es hatte verstehen wollen.

Gelernt hatte er, dass die Verwandlung unmöglich erschien, selbst wenn er sich seine Videos in Zeitlupe ansah. Im einen Moment ein Mann und im nächsten wurde alles verschwommen und ein Tiger erschien. Eine blindwütige Bestie ohne Gedanken daran, ob sie gesehen wurde oder sich in Gefahr begab. Sie jagte gern. Das war alles, was er wusste. Und dass ihn sein Katzenminzerausch umbringen würde, wenn er nicht vorsichtig war.

War es da verwunderlich, dass er ihr aus dem Weg ging?

Und doch, wenn es je einen Zeitpunkt gab, an dem er stark und ein Kämpfer sein musste, dann war dieser jetzt. Er beäugte die Katzenminze in der Wand.

Konnte er es sich leisten, den Kopf zu verlieren? Er musste Tyson retten.

Der Deckel über der Katzenminze ging in dem Moment zu, in dem er Bewegung vor seinem Fenster wahrnahm.

Zu spät.

Die Tür zu seiner Zelle öffnete sich. Ein Techniker, der einen Wagen vor sich herschob, trat ein, gefolgt von einem Wachmann samt Schlagstock, von dem Stefan vermutete, dass er ihm einen elektrischen Schock verpassen würde. Auf dem Wagen befand sich ein Halsband.

Stefan zog sich zurück. »Bleibt weg von mir.«

»Dreh dich um. Hände über den Kopf, Handflächen an die Wand«, befahl der Wachmann.

»Leck mich, Arschloch. Ich lasse mir dieses Halsband nicht umlegen.« Wenn es an seinem Hals landete, bestand keinerlei Chance mehr auf eine Flucht.

»Du hast keine Wahl. Wir müssen ihn betäuben«, sagte die Wache zu dem Techniker, der gelangweilt erschien, als er eine Spritze und eine Ampulle hervorholte. Als wäre es für den bestmöglichen Effekt, konnte Stefan zusehen, wie er sie aufzog, und spürte die Angst, die in ihm hochzukriechen versuchte.

Die Tür aus der Zelle hinaus blieb hinter ihnen offen. Freiheit, wenn er sie erreichen konnte. Zweifelhaft, dennoch musste er es versuchen.

Der Techniker drückte ein wenig Flüssigkeit aus der Nadel heraus und als der Wachmann grinste, stürzte Stefan auf ihn los. Der Sicherheitsmann reagierte schnell und holte aus, zielte aber nicht richtig. Der Schlagstock traf Stefan mit einem elektrischen Schock am Arm, der seine Zähne vibrieren ließ. Er schwang mit seiner Faust und traf die Wache mit einem Schlag am Kiefer, der den Kerl auf seinem Hintern landen ließ.

Der Techniker staunte nur. Zur Sicherheit verpasste Stefan auch ihm eine.

Ein Alarm schrillte und die Tür surrte, als sie sich zu schließen begann. Er hechtete durch den immer schmaler werdenden Schlitz und hörte den verängstigten Aufschrei des Technikers, bevor die Tür zuging.

Der Alarm wurde lauter und beunruhigte die Gefangenen in den anderen Zellen. Das Alter der Bewohner variierte, genau wie ihr Geschlecht. Hände wurden an das Glas gepresst und ruhelose Gesichter musterten ihn resigniert. Die Halsbänder an ihren Kehlen waren eine Erinnerung daran, was ihn erwartete, wenn er nicht floh.

Konnte er gehen, ohne überhaupt zu versuchen zu helfen? Was war mit Tyson? Befand er sich auch in einem Glaskäfig?

Stefan fühlte sich entblößt und kam sich albern vor, wie er mit schwingendem Schwanz und Eiern den Gang zwischen den Zellen entlanglief. Es half, dass die in den Boxen ebenfalls nackt waren. Die meisten betrachteten ihn mit trübem Blick, aber einige jubelten ihm zu.

Sie wussten nicht, dass er keinen Plan hatte. Nichts. Gar nichts. Er war kein Hacker wie Raymond oder ein trainierter Kämpfer wie Dominick. Nur Stefan, was bedeutete, dass er zögerte, als er das

Ende des Ganges erreichte und die Wache durch die zuvor abgeschlossene Tür kam.

Der Wachmann zögerte nicht. Er hob seine Waffe, aber bevor er feuern konnte, sprang Stefan in die Luft – ein hoher Sprung, der nur aufgrund des in seinem Körper strömenden Adrenalins möglich war. Er drehte sich und landete vor der überraschten Wache. Stefan knurrte und schlug ihm die Waffe aus der Hand.

Dann knurrte er erneut, als die Wache es wagte, ihn zu konfrontieren. »Geh mir aus dem Weg.«

Der Sicherheitsmann, mit seiner gebrochenen Nase und dem kurz rasierten Haar, grinste. »Du denkst, du kannst es mit mir aufnehmen? Na los. Ich habe von dir gehört. Du brauchst Drogen, um dich zu verwandeln. Hier gibt es keine Katzenminze, Tigermann.« Spott, der brannte.

Gleichzeitig erinnerte er ihn auch an das, was Nimway gesagt hatte. Dass er kein Kraut brauchte, die Fähigkeit war in ihm. Er musste nur darauf zugreifen. Diesen inneren Muskel anspannen, der sein Hybridendasein darstellte.

Wie? Verdammt, er hätte vorher lernen sollen, wie man das anstellt. Sich einem Kerl zu stellen, der die Sache hinauszögerte, bis Verstärkung kam, war nicht der richtige Zeitpunkt, um zu erkennen, dass es nützlich wäre, manchmal Krallen zu haben.

Der Wachmann mochte vielleicht seine Schusswaffe verloren haben, aber er hatte noch immer seinen Schlagstock. Das lernte Stefan, als er ihn in der Seite traf und ihm einen Schock verpasste.

Aua. Das tat weh.

Mistkerl! Er brüllte. Der Kerl holte zu einem zweiten Schlag aus und diesmal erfasste ihn eine andere Art von Schmerz und Ekstase. Er streckte sich, wuchs, verwandelte sich, spürte und …

Landete auf dem Wachmann, der nicht länger lachte.

»Oh, scheiße«, flüsterte die Beute. Dann machte sie den fatalen Fehler zu versuchen, ihn zu schlagen.

Ein fester Biss ließ seine Beute diesen Fehler einsehen.

Ein schrilles Geräusch ertönte. Es war an der Zeit, diesen Ort zu verlassen. Er stieß die Tür an, die ihm im Weg war.

Drück die Klinke herunter, Idiot.

Er legte eine Pfote darauf und drückte. Abgeschlossen. Natürlich. Er beäugte das elektronische Schloss. Selbst wenn er den Code kannte, wie sollte er ihn eintippen? Seine Pfoten waren nicht gerade Finger. Außerdem war es ein schwarzes Quadrat mit einem roten Punkt in der Mitte.

Er betrachtete die Wache und bemerkte die an seinem Gürtel befestigte Schlüsselkarte. Er schnappte sie sich mit den Zähnen und riss sie ab, dann musterte er das Schloss und stand auf, um die Karte nach oben zu schwingen.

Grün.

Klick.

Die Tür öffnete sich, als er mit der Pfote auf die Klinke drückte, aber als ihm der Fluchtweg freistand, hielt er inne. Musterte die Zellen hinter sich. Auch diese Leute mussten fliehen.

Ich bin kein Held.

Aber er bemühte sich, einer zu sein.

Stefan zerrte die Leiche mit seinen Zähnen zur Tür, um die Tür aufzuhalten. Dann nahm er die Karte und ging zu den Zellen. Der Schlüssel funktionierte bei den ersten fünf, bevor ein rotes Licht aufleuchtete.

Kein Öffnen von Türen mehr. Die fünf Insassen flohen, aber Stefan betrachtete die Zurückgebliebenen, wobei er auf der Suche nach einer bestimmten Person war.

Der Alarm hörte auf und diese nervige Stimme von zuvor kehrte zurück. »Stefan. Du weißt, dass es sinnlos ist. Du kannst nicht fliehen. Kehre in deine Zelle zurück und du wirst nicht schwer bestraft werden.«

»Brüll.« Er würde nicht aus freien Stücken zum Gefangenen werden. Er trabte den Gang hinunter und musterte die Insassen. Manche sahen menschlich aus; andere waren es nicht. Einige waren eine Mischung. Sie alle starrten ihn an.

Hoffnungsvoll.

Das sollten sie nicht sein. Er hatte versagt.

»Du kannst nirgendwo hin. Ich habe die Schlüsselkarte deaktiviert. Du hast vielleicht eine Tür öffnen können, aber die restlichen sind verschlossen. Du sitzt fest.«

Warum quasselte Mr. X dann und klang viel zu ruhig?

Die Lichter flackerten.

Interessant. Besonders da die unsichtbare Stimme vergessen hatte, ihr Mikrofon auszuschalten. »Was meinen Sie damit, dass wir keine Kontrolle mehr über das System haben?«

Klick. Das Geräusch vieler sich gleichzeitig öffnender Schlösser ließ ihn in dem Korridor erstarren, vor allem da am hinteren Ende sein kleiner Bruder unbekleidet mit schockiert aufgerissenen Augen herauskam. Aber er war unversehrt, wenn man das Halsband ignorierte.

»Stefan? Bist du das?«

Stefan verstand ihn, und noch besser, er verspürte keinerlei Drang, ihn oder irgendjemand anderen, der in den Gang strömte, zu fressen.

Die Lichter flackerten erneut.

Der Aufzug am hinteren Ende öffnete sich und Wachmänner kamen heraus, die sich mit Pistolen bewaffnet aufstellten, was ihnen einen Vorteil verschaffte.

Bis die Lichter ausgingen.

KAPITEL EINUNDZWANZIG

Zu spät. Zu spät.

Die Worte wiederholten sich immer und immer wieder in Nimways Kopf, während das Flugzeug ewig brauchte, um an das andere Ende des Landes zu kommen. Sie hatten weder das Geld noch die Kontakte, um sich einen Privatjet zu beschaffen, der sie schnell dorthin brachte, was bedeutete, dass sie den traditionellen Weg einschlagen mussten. Sicherheitskontrolle inbegriffen. »*Tragen Sie irgendwelche Waffen bei sich, Ma'am?*« Nimway log mühelos, da sie niemals vermuten würden, wie tödlich sie war. Besonders da die Angst ihre Konzentration verschärfte.

Sie schafften es beim ersten Flug nur, sich vier Sitze zu ergaunern. Gwayne blieb zurück, um die mögliche Evakuierung des Rudels zu koordinieren. Ihre Zukunft hing davon ab, was sie vorfand.

Raymond entschied sich dazu, mit ihr zu kommen, genau wie Stefans Bruder Dominick und die Schwester mit dem interessanten Haar, Maeve.

Die übrigen Hubbards bereiteten sich darauf vor, ihr Zuhause zu verlassen. Mrs. Hubbard ließ sich nichts anmerken, während sie ihren Minivan mit einer Effizienz belud, um die ein Ausbildungsoffizier sie beneiden würde. Aber sie würden für den Moment nur ans andere Ende der Stadt ziehen, in ein Mietshaus, das Nanette online gefunden hatte. Sich vor den Augen aller verstecken. Es könnte funktionieren.

Alle bis auf Nimway hatten einen Plan. Aktuell bestand die Rettungsmission darin, den Ort zu finden. Dann … hatte sie keine Ahnung. Die Chancen, wenn man den Feind in seiner Festung konfrontierte, standen nicht sehr gut, und das hatte ihr Bruder ihr klargemacht.

»*Du läufst in eine Falle*«, sagte Gwayne unverblümt.

»*Hab ein wenig Respekt vor meinen Fähigkeiten, ja? Ich beabsichtige nicht, locker in feindliches Gebiet zu schlendern.*«

Ihr Bruder schnaubte. »Ich brauche dich hier, um das Rudel zu beschützen.«

»*Ich beschütze es.*« Denn wenn die Entführer von ihnen

erfuhren, dann war niemand sicher. Was, wenn sie nie die Chance hatten, von ihnen zu erfahren? Was, wenn alle sicher sein konnten?

»*Ich kann nicht glauben, dass du dein Leben für einen Mann riskieren würdest, den du erst kürzlich getroffen hast.*«

Sie zog ihre Schultern zurück. »*Ich weiß, dass es verrückt ist, aber es fühlt sich an, als würde ich ihn schon ewig kennen.*«

»*Oh.*« *Gerade er wusste, was sie meinte. Gwayne hatte es selbst einmal erlebt.*

»*Ich muss das tun.*«

»*Komm zu mir zurück, kleine Schwester.*« *Er strebte einen schroffen Tonfall an, der aber eher kurz davor stand zu brechen.*

Sie hatte die volle Absicht, zu überleben und Stefan und seinen Bruder nach Hause zu holen. Sie hatte nur keine Ahnung, wie sie es anstellen sollte. Alles, was sie hatten, war ein Kreis auf einer Landkarte. Ein beträchtlicher Bereich, der keine verdammten Straßen hatte. Es war so seltsam und schwierig, dafür einen Plan zu erstellen.

Wenn sie zu viel umherliefen, würde man sie verfrüht entdecken. Es war am besten, still und heimlich hineinzugehen. Einzudringen, die Jungs zu holen und dann genauso leise wieder zu verschwinden.

Zumindest war das der ungefähre Plan. Die

genaueren Details hatten sie noch nicht festgelegt. Wo zum Beispiel beabsichtigte Dominick, sich dieses Gewehr zu beschaffen, von dem er dachte, er würde es benutzen? Die Fluggesellschaft hatte es ihm nicht erlaubt, eines als Gepäckstück aufzugeben.

Wenigstens stellte sich Raymond als nützlich heraus, da er Informationen von Satelliten bekam, die für die Öffentlichkeit nicht zugänglich waren. Er hatte es geschafft, Aufnahmen des betroffenen Bereichs zu öffnen, und als er heranzoomte, konnten sie die schmale Straße erkennen, die auf keiner Karte erschien und durch Bäume gut verborgen war. Sie konnten sogar einen Blick auf den Teil eines Gebäudes erhaschen, das in keinem Register existierte.

Als sie landeten, wartete ihr Mietwagen auf sie, ein Ford Explorer mit Bedienungstasten. Dominick drückte sie immer wieder. Raymond tadelte ihn und sagte ihm, er solle ihre Optimierung beibehalten, bevor er sie wieder richtig einstellte.

Maeve schüttelte den Kopf und murmelte: »Wenigstens sind Daeve und ich da rausgewachsen.« Daeve war der Bruder beim Militär.

»Wie weit sind diese Koordinaten vom Flughafen entfernt?«, fragte Nimway.

»Zwei Stunden.« Diese Zeit unterboten sie mit

einer halben Stunde, indem sie etwas schneller fuhren, als es sicher war.

Der Handyempfang war wiederhergestellt und Nimway verbrachte diese Zeit damit, sich um panische Rudelmitglieder zu kümmern, von denen es nicht viele gab. Die meisten hatten gewusst, dass es angesichts dessen, wie die sozialen Medien und Kameras in Nutzung und Beliebtheit praktisch explodierten, nur eine Frage der Zeit war, bis sich ihre fröhliche Gegend auflösen musste. Sie waren bereit zum Umzug, falls es nötig wurde.

Hoffentlich war sie nicht zu spät.

Es war Dominick, der es zuerst bemerkte. »Rauch am Himmel.« Das war von gewisser Bedeutung, da sie sich ihrem Ziel näherten.

Die Straße, die in Privatbesitz zu sein schien, bot keine Versteckmöglichkeit. Gleichzeitig war es aufgrund der vielen Freiflächen zu weit, um die Strecke zu Fuß zurückzulegen. Sie entschieden sich dazu, mutig zu sein, und steuerten weiter direkt darauf zu. Bald sahen sie die Quelle des Rauches.

»Es sieht aus, als stünde das Gebäude in Flammen.« Diese Beobachtung gab Nimway kund.

Es ließ sich nur schwer erkennen, wie es einmal ausgesehen hatte. Als sie näher kamen, sahen sie Leute aus dem Rauch strömen, die stolperten und husteten. Einige von ihnen liefen auf Fahrzeuge zu.

Andere stützten einander, kamen nackt oder mit flatternden weißen Kitteln und Halsbändern heraus. Diese Leute flohen vom Parkplatz in Richtung der Wildnis dahinter. Die anmutigste Flucht war die einer Antilope.

Nimway blinzelte. »War das …«

»Jup«, bestätigte Dominick einsilbig.

»Ich glaube, wir haben den Ort gefunden«, stellte Maeve fest.

Aber wo waren Stefan und der Junge?

»Halt an. Ich muss raus.« Nimway zog an der Tür, die jedoch verschlossen blieb.

»Wir sollten eine diskretere Stelle finden. Polizei und Feuerwehr sind vermutlich bereits unterwegs.«

»Das denke ich nicht«, murmelte Raymond. »Diesen Ort hier haben sie nicht auf dem Schirm.«

Das erste Fluchtauto schoss an ihnen vorbei. Clever, wenn man bedachte, dass sich das Feuer nicht nur auf das Gebäude beschränken würde.

Die Explosion erschütterte den großen Geländewagen und Dominick trat auf die Bremse. »Scheiße!«

Etwas im Inneren hatte sich entzündet, und das Ergebnis? Flammen leckten an einem Baum, an einem von Hunderten, Tausenden. Zunder, der nur auf einen Funken wartete, der ihn in Brand setzte.

Und was entschied sie zu tun?

»Ich werde sie finden.« Nimway sprang aus dem Wagen, bereit zur Jagd, und sie war nicht allein.

Die Hubbards flankierten sie, benommen, aber entschlossen.

»Wo lang?«, fragte Dominick.

»Ich weiß nicht. Teilen wir uns auf, dann können wir mehr durchsuchen.«

Die Geschwister setzten sich in Bewegung. Maeve ging voran, ihre Brüder verteilten sich hinter ihr. Sie konzentrierten sich auf den Bereich um das Gebäude herum, wo die Hitze am intensivsten war. Der Selbsterhaltungstrieb würde die Cleveren in Richtung Sicherheit fliehen lassen, weg vom Feuer.

Es dauerte nicht lange, bis Nimway Stefans Duft aufnahm. Danach spürte sie ihn mühelos auf, selbst in ihrer menschlichen Gestalt. Er hatte sich verwandelt.

Sie konnte die Katze riechen, moschusartig und vertraut. Sie würde den Duft ihres Mannes überall erkennen. Die Spur führte sie durch die Bäume weg vom Rauch. Weg von allen.

Als der Geruch plötzlich aufhörte, blieb sie stehen. Sie musste nicht nach oben blicken, um zu wissen, wohin er verschwunden war.

»Wirst du dich auf mich stürzen, Ehemann?« Sie spähte nach oben, als sie es sagte. Sie sah ihn im

Baum sitzen, eine wunderschöne Kreatur mit strahlenden Farben und schmalen, beeindruckenden Streifen. Sie mochte vielleicht ein Wolf und er eine Katze sein, womit sie gegensätzlich waren, und doch ließ sich die kraftvolle Anmut der Katze nicht leugnen, die von einem Ast des Baumes sprang und vor ihr landete.

Sie begann, eine Hand auszustrecken, und hielt inne. Hatte er nicht behauptet, es fehle ihm an Kontrolle, wenn er sich verwandelte? Dass er zu einer blutgierigen Bestie wurde?

Sie starrte ihn an.

Er starrte zurück.

»Bist das du da drin?«, fragte sie.

Er neigte den Kopf.

»Ich schätze, du kannst nicht antworten. Kannst du dich verwandeln?«

Sie hätte schwören können, dass er mit den Achseln zuckte.

»Wie hast du dich überhaupt verwandelt?«

Er gab ein knurrendes Geräusch von sich. Eine tiefe, grummelnde Beschwerde.

»Du hast keine Ahnung, hm?«, überlegte sie laut. Dann lächelte sie ihren Tiger von Ehemann an. »Du findest besser heraus, wie du dich verwandelst, wenn wir diese Flitterwochen miteinander verbringen wollen.«

Schon jemals einen Tiger gesehen, dem die Kinnlade herunterfiel?

Fantastisch.

Aber noch viel mehr genoss sie seinen Anblick, als er sich plötzlich verwandelte und sein Körper von Pelz zu Fleisch überging.

Er schnappte nach Luft, als würde er wie ein Ertrinkender um Atem ringen, dann krächzte er: »Heilige Scheiße.«

»Sieh dich an, du verwandelst dich wie ein Profi.«

Er funkelte sie an. »Ha, ha. Was zum Teufel machst du hier?«

»Dich retten.«

Das entlockte ihm ein leises Knurren. »Idiotin. Warum tust du das? Sie hätten dich gefangen nehmen können.«

Nimway zog eine Augenbraue hoch. »Du meinst, so wie dich?«

Er schenkte ihr ein schiefes Grinsen. »Ich bin geflohen.«

»Und hast dafür gesorgt, dass die anderen es auch tun, wie ich sehe.«

»Nicht alle.« Er zog seine Mundwinkel nach unten. »Es wurde chaotisch, als das Feuer ausbrach.«

»Dein Bruder?«

»Der Erste, den ich durch die Tür gestoßen habe.

Ich bin seiner Spur in den Wald gefolgt, als du begonnen hast, mir zu folgen.«

»Wir sollten ihn suchen.«

»Gleich.« Er zog sie an sich und umarmte sie.

Sie erwiderte seine Umarmung.

Vielleicht konnte diese Sache mit der Ehe doch funktionieren.

KAPITEL ZWEIUNDZWANZIG

Stefan wollte mehr tun, als seine Frau nur zu halten, aber er blieb sich der Gefahr bewusst. Das Feuer in der Ferne würde schnell weiterwachsen. Er wollte nicht, dass es sie einschloss.

Er versuchte, angesichts seiner Nacktheit nicht gehemmt zu sein. Es half, dass seine Frau seine Hand hielt.

Zum Teufel, sie hatte verdammt noch mal nach ihm gesucht.

Und diesmal hatte er nicht versagt.

Er hatte seinen Bruder gerettet und jetzt würde er ihn finden, was einfacher war als erwartet. Der Junge stolperte durch den Wald, als wollte er Raubtiere anziehen.

»Tyson!« Er brüllte den Namen seines Bruders und musste dann eine Umarmung ertragen, gefolgt von einem hektischen: »Igitt, Kumpel, du bist nackt!« Sein Bruder hatte es geschafft, sich auf dem Weg nach draußen Kleidung zu beschaffen.

»Gib mir dein Hemd.«

»Wie soll das helfen?«, fragte der Junge, zog es aber dennoch aus.

Ein paar Risse später trug Stefan es um seine Hüfte. Nicht das beste Kleidungsstück, aber er fühlte sich nicht ganz so entblößt, während sie zurück durch den Wald liefen und der Rauch ihnen in der Nase kitzelte, als sie sich der Stelle näherten, von der Nimway behauptete, sie sei ihr Ausweg.

Sie sahen niemanden sonst im Wald, aber er konnte nicht umhin, das gelegentliche Heulen und Kläffen zu hören und die Spuren derer zu riechen, die auf der Flucht waren.

Sie schafften es zum Geländewagen und entdeckten unterwegs seine Geschwister. Glücklicherweise hatte Dominick Ersatzkleidung mitgebracht, sodass Stefan nicht in seinem T-Shirt-Rock verbleiben musste. Er hatte jedoch keinen Ausweis, um in ein Flugzeug steigen zu dürfen. Deshalb entschieden Stefan und seine Frau, nachdem sie seiner Mutter versichert hatten, dass es ihm und Tyson gut ging – und dann Gwayne beruhigten, dass sie das Geheimnis des Rudels nicht offenbart hatten –, dass sie nach Hause fahren würden. Sie verabschiedeten seine Familie am Flughafen, bevor sie eine dreitägige Fahrt begannen, die zu sieben Tagen Flitterwochen wurde. Ein paar Stunden des Fahrens und Besichtigens, gefolgt von Sex. So viel Sex.

Dieser wurde kurz hinter der Grenze von Ontario zu Liebemachen. Ja, Liebemachen, denn Stefan wurde bewusst, dass er seine Frau über alles liebte.

Das war schockierend für ihn, fast genauso sehr wie die Ankunft am Farmhaus, welches er leer vorfand. Jede Spur von ihnen war verschwunden. Selbst die Wände waren neu gestrichen. Obwohl sie sicher waren, ging Mom kein Risiko ein. Sie hatte die jüngeren Kinder in die Stadt gebracht.

Dorthin fuhren sie als Nächstes, und das voller Nervosität.

Nimway legte eine Hand auf seinen Arm. »Es wird alles gut.«

»Einen Scheiß wird es. Nicht wenn sie herausfindet, was wir getan haben.« Denn Stefan musste es ihr immer noch erzählen. Aber Gwayne wusste von der Hochzeit, und Stefan wusste aus zuverlässiger Quelle, dass Gwayne es ausgeplaudert hatte.

»Ich bin mir sicher, dass alles gut wird. Was soll's, dass wir geheiratet haben?«

»Sag das niemals vor ihr.« Stefan war besorgt, es könnte ausreichen, um ihn zum Witwer zu machen.

Als sie vor dem Haus vorfuhren, das eine Straße

von Gwaynes entfernt war, schluckte er. »Vielleicht sollte ich allein reingehen.«

»Hör auf, ein Weichei zu sein.« Nimway stieg aus dem Wagen aus.

Er holte sie auf der Verandatreppe ein. »Wenn sie sich ein Messer schnappt, geh hinter mich.«

Die Tür wurde geöffnet, bevor er sie erreichte, und seine Mutter strahlte. »Gott sei Dank, dir geht es gut.« Freudentränen liefen ihr über die Wangen.

Das hatte er nicht erwartet.

Stefan umarmte seine Mutter. Er war froh, zu Hause zu sein, auch wenn dieses Zuhause nicht das Haus mit den schiefen Böden war, für die Tische mit maßgetischlerten Beinen notwendig waren.

Der warme und kitschige Moment hielt nicht an.

»Undankbares Balg! Zu heiraten, ohne es jemandem zu sagen!«, jammerte sie.

Er wand sich. »Es war spontan.«

»Wir sind deine Familie.«

»Ich – äh –«

»Ich habe ihn dazu gebracht. Ich war besorgt, dass er es sich anders überlegen würde, also habe ich ihn vor einen Standesbeamten gezerrt«, mischte Nimway sich ein und er wartete darauf, dass seine Mutter explodierte.

Stattdessen nickte sie. »Das kann ich verstehen. Er kann aalglatt sein, mein Stefan. Aber er ist ein guter Junge. Ich bin froh, dass er eine Partnerin gefunden hat, die seinen Wert sieht.«

Nimway lächelte Stefan an. »Lustig, denn ich hätte gesagt, dass er mich sieht.«

Sie hatte ihm auf ihrer Reise gesagt, dass es ihr gefiel, dass er sie nicht als schwach erachtete. Dass er im einen Moment mit ihr diskutierte und nicht nachgab, nur weil sie herrisch war, und sie im nächsten küsste. Weil er ihr autoritäres Wesen mochte. Das bedeutete nicht, dass er ihren Forderungen nachkam, sondern dass er ihre Stärke genoss.

Die genoss er besonders später an diesem Abend im Gästebett im Haus seiner Mutter. Er lag auf dem Rücken, Nimway rittlings auf ihm, ihre Finger in seiner Brust vergraben, während sie ihre Hüften bewegte und an ihm rieb, sich gegen ihn drückte, ihn tief in sich aufnahm und sich auf die Lippe biss, um keine Geräusche von sich zu geben, die ausdrückten, dass er die perfekte Stelle in ihr traf. Er biss sich auf die eigene verdammte Zunge, so gut fühlte es sich an.

Er bezweifelte, dass er es je leid werden würde, ihren strahlenden Blick zu sehen, während sie auf hin hinabstarrte. Eine Frau, die sich aus allen Männern für ihn entschieden hatte. Eine Partnerin, die an seiner Seite stand. Eine Vertraute, vor der er keine Geheimnisse hatte.

Eine Geliebte fürs Leben.

Er legte sich hinter sie, als sie schließlich einschliefen. Sie wachten mit Publikum auf. Seine kleine Schwester Daphne, um genau zu sein.

»Was ist los, Daffy?«, fragte Stefan, einen Arm besitzergreifend um seine Frau geschlungen.

»Mom sagt, es sei an der Zeit aufzustehen. Es gibt viel zu tun.«

»Ja, zum Beispiel einen Job suchen«, stöhnte er. Er war einen Tag zu viel abwesend gewesen, ganz zu schweigen davon, dass es nur für den Fall wohl am besten war, die Verbindungen zu seinem alten Job zu kappen.

»Eigentlich backt Mom und sagt, ihr müsst probieren.«

»Was probieren?«

»Hochzeitstorte. Und ihr müsst beide da sein«, verkündete Daphne mit einem Wackeln ihres Fingers.

»Äh, was?«, erwiderte Nimway.

»Oh, und ihr müsst euch für ein Farbschema entscheiden.« Daphne grinste. »Mom sagt, ihr schließt sie nicht aus ihrer Traumhochzeit aus.«

»Aber wir sind bereits verheiratet«, stammelte Nimway panisch.

»Nicht, bis sie weinen kann, während ihr eure Gelübde aufsagt, jedenfalls laut ihr.«

Nimway stöhnte und Stefan lachte, während er seine Nase in ihrem Haar vergrub und flüsterte: »Lass sie eine zweite Hochzeit mit allem Drum und Dran planen. Es wird sie davon abhalten, uns mit Kindern auf die Nerven zu gehen.«

Falsch.

Während des Verlaufs dieses Tages, an dem sie verschiedene Tortensorten aßen und Nimway entführt wurde, um verschiedene Kleider anzuprobieren, während man für ihn einen Smoking suchte, wurde ihnen mitgeteilt, sie sollten es mit drei Kindern versuchen, zwei Jungen und einem Mädchen. Außerdem wurde Nimway ein Kochbuch für Anfänger überreicht. Einen Moment lang war Stefan besorgt, sie könnte fliehen, aber stattdessen hatte sie gegrinst. »*Du stufst besser deine Lebensversicherung hoch und investierst in Magentabletten.*«

In dieser Nacht sagte er zu ihr: »Scheiß auf die Hochzeit. Wenn sie dich stresst, können wir Nein sagen.«

»Ist das deine Art, dich unserer Ehe zu entziehen? Mhm? Willst du mich loswerden?«, knurrte Nimway, als sie auf ihn kroch und sein Hemd mit den Händen packte.

»Warum zum Teufel sollte ich das tun wollen?«

»Ich habe gesehen, wie Lacey dir zugezwinkert hat.«

»Äh. Ich habe keine Ahnung, wer das ist, und es ist mir auch egal, denn ich habe nur Augen für dich.«

Und er würde sie hundertmal heiraten, wenn das bedeutete, dass sie ein gemeinsames Leben haben konnten.

EPILOG

Der Tag der Hochzeit brach auf wunderschöne Weise an.

Sie hatten entschieden, sie im Park umgeben von den Häusern abzuhalten.

Diesmal war Nimways alter Gegenstand Nanette Hubbards Hochzeitskleid, welches ihr angesichts dessen, was der Arzt ihr mitgeteilt hatte, nicht mehr lange passen würde.

Ihr Bruder übergab sie mit feuchten Augen.

Selbst ihr Mann wirkte ein wenig emotional und klang heiser, als er sein Gelübde aufsagte.

Nimway weinte nicht, aber während der Zeremonie verschlimmerte sich ihre Allergie einige Male. Sie gab all den Katzen die Schuld, einschließlich ihres Mannes.

An einem Punkt verschwand sie mit Stefan und

die Leute gingen von den schmutzigsten Dingen aus. Damit lagen sie nicht völlig falsch, aber das Schäferstündchen kam nach dem Bericht, den das Technikteam des Rudels über die niedergebrannte Anlage zusammengestellt hatte.

Sie hatte nie existiert. Was bedeutete, dass sie nie einen Besitzer hatte. Und die Leute, die in dieser Nacht geflohen waren? Verschwunden.

Es war, als wären die Gräueltaten nie geschehen, aber die Gefahr blieb bestehen. Anders als Gwayne war Nimway sich nicht so sicher, ob sie ihren Plan zum Umzug hätten abbrechen sollen.

»*Wer auch immer dafür verantwortlich war, weiß, dass die Hubbards existieren*«, hatte sie ihn erinnert.

»*Und sie haben Angst davor, offen zu agieren. Ich würde mich dem Feind lieber an einem Ort meiner Wahl stellen, an einem Ort, den ich kenne. Vielleicht sollten wir, anstatt uns zu verstecken, um unser Recht kämpfen hierzubleiben.*«

Für ihr Zuhause kämpfen? Ihre Familie? Ihren Mann?

Das Leben in ihr ...

Stefan hielt sie und berührte ihren Bauch. »Hat dir jemals jemand gesagt, dass du der beste Mühlstein um den Hals bist, den ich mir je hätte wünschen können?«

»Der Letzte, der mich so genannt hat, hat Schuhe

aus Zement bekommen und ist dann schwimmen gegangen.«

»Hm, vielleicht sollte ich dann um Vergebung bitten.«

»Oder du könntest es mir zeigen«, neckte sie ihn.

Er zeigte ihr dreimal das Paradies. Und als sie sich am nächsten Tag übergab und drohte, seine Eier zu tranchieren, hielt er ihre Haare zurück.

Also das war Liebe.

RAYMOND HATTE sich den Großteil seines Lebens an keine festen Zeiten gehalten. Sein Verstand arbeitete stoßweise, und wenn er einen Lauf hatte, besonders wenn dieser durch Sorge angetrieben wurde, dann kam er mit sehr wenig Schlaf aus.

Das bedeutete, dass er um drei Uhr morgens wach war, als die an ihn adressierte Nachricht in dem E-Mail-Postfach landete, das er im Dark Web angelegt hatte.

Raymond las sie und zog eine Augenbraue hoch.

Hör auf zu schnüffeln. Sonst ... Unterzeichnet *PinkLlama.*

Er antwortete. *Sonst was?* Denn jedes Schnüffeln, das eine Warnung verursachte, verdiente seiner Meinung nach noch mehr Aufmerksamkeit.

Die Antwort kam in Form einer kompletten Systemstilllegung – die Art, die seine Maschinen völlig ausschaltete, sodass nur noch ein pinkfarbenes Lama mit Sonnenbrille und breitem Grinsen auf seinem Bildschirm erschien.

Lasst das Spiel beginnen.

*Wird **Raymond** die Hackerin finden, die ihn auffordert, sich zurückzuziehen? Und wenn er das tut, werden die Antworten, die sie verschweigt, zu einem Happy End führen?*